地味な剣聖はそれでも最強です
6
明石六郎
画 シソ

目次

地味な剣聖はそれでも最強です

6

明石六郎

画 シソ

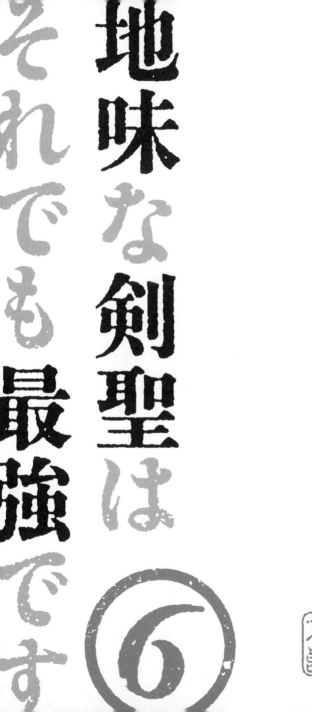

第一章
牛探し

真打

我が弟子サンスイよ、お前は知っているな。

お前を送り出した時、儂《わし》がとても誇らしかったことを。罪深き我が人生の中で、ようやく成果を出せた、誰かを幸福にできた喜びを。

儂は、生まれてきてよかったとさえ思えた。

かつての相棒エッケザックスよ。お前は知らないだろう。

お前と再会した時に、お前と和解できたことと同じほどに、俗世の剣士が弟子入りを求めたことが嬉しかったのだと。

俺の理想像が、他人にとっても理想であったことがどれだけ嬉しかったか。

俺は、死んでもいいと思ったのだ。

兄弟子フウケイよ、まだ生きているとは知らなかった。

貴方の気配はとても濁っていた。僕への憎悪で、自分のことさえわからなくなっていた。

僕は、死んでしまいたかった。

× × ×

逃げろと、祭我は叫んだ。その返答を待つことなく、トオンとランを伴って突撃する。

天地を操る力を持った、不死身の仙人。それを前に三人は退くことなく向かっていく。

それに対して、フウケイは迎撃の構えをとっていた。接近戦では後れを取っていたが、距離を十分にとったことで形勢が逆転している。

地面から浮かび上がらせた、大量の土塊を高速で発射していく。

「外功法《がいこうほう》、傾国、奈落」

それを三人は決死の覚悟で回避しつつ、さらに前進していく。だがしかし、それは必然的に三人が引き離されていくことを意味していた。

また前方から土塊が発射されているため、必然的に三人の視界が大幅に狭まってしまう。前に進むこと、穴だらけの地面に足を取られないようにすること、土塊を回避すること。それらに心がとらわれていた三人は、フウケイが精密な集中を始めたことに気付けなかった。

「縮地《しゅくち》」

一瞬で間合いを詰めて、手にしていたヴァジュラを振りかぶる。大雑把で、適当で、しかし致命的なひと工夫。

天と地を操るものが行う、ささやかな人の知恵。それは同じく天地を操るものと戦うために編み出された、熟練の技。

それに対して、トオンは対応できたはずだった。しかし反応できなかった。

何のことはない、トオンは分身を出せるのだから分身を並走させればよかったのだろうし、縮地直後の硬直の間に回避してもよかった。

しかし決死の覚悟という陶酔にひたり、冷静さを失っていた彼は、回避しながら前進することに専念しすぎていた。

もしも相手が山水ならば、軽く小突く程度で済ませていただろう。

『前進するだけでは、単調ですよ』

しかし目前の相手は、指導してくれる剣士ではない。明確な、敵だった。

「無念だ」

あと少しだけ、もう少しだけ頑張れた。その後悔が脳裏をよぎり、ただ死を受け入れようとする。

祭我もランも、フウケイの攻撃に気付いた。だが、絶対に間に合わない。

彼の運命は、神の手にゆだねられていた。

「縮地法、牽牛《けんぎゅう》」

そして、ここに神がいる。

「！」

ヴァジュラを振り下ろしたフウケイは、目の前から消えたトオンに目をむいていた。

人間一人如き簡単に斬り殺せるはずの一撃は、空を切るにとどまっていた。亡くなるという言葉があるが、死ぬはずのトオンは消えてなくなっていた。

もしや祭我がまた何かをやったのかと周囲を見れば、走っていたはずのランと祭我もいなくなっている。

「……遅くなってすまない」

とても静かな声が、混乱しているはずのフウケイに届いていた。

永い人生で一度も聞いたことのないような声色だったが、なぜかどこかで聞いたような気もした。

声が聞こえた側を向けば、そこには四人いた。

祭我、トオン、ラン、そしてもう一人。

「年寄り同士の諍《いさか》いに巻き込んでしまった」

先ほどまで自分と戦っていた三人へ、一人の子供が謝罪をしていた。

「……」

絶句という他なかった。フウケイが三千年間超えようとしていた弟弟子が、あろうことか俗人に謝罪をしていた。それも上っ面ではない、心からの謝罪だった。

「スイボクさん」

聞こえてくるのは、弟の名前を呼ぶ声。

「スイボク殿」

「スイボク……」

「お、お前が、スイボク……？」

トオンもエッケザックスも、ランでさえも茫然として名前を呼ぶことしかできない。味方であるはずの彼が突然現れたことに、思考がついていけない。

ほんの一瞬前まで自分たちは命を賭けて戦っていたはずなのに、彼がそこにいるというだけで覚悟も焦燥も恐怖も消えていた。

ましてや殺しに来たはずのフウケイなど、感情の一切が困惑に染まっている。

「ヴァジュラの力が混じった天動法に古き友の気配があれば、何が起きているのかなど考えるまでもない。すべては儂の、俺の、僕の罪だ」

悲しげな顔で、スイボクはフウケイを見る。

「まさかフウケイが邪仙《じゃせん》になり、今も生きているとは……」

三千年の時を超えて、兄と弟が顔を合わせていた。

弟は幼い顔で、兄は老いてさえいる顔で。変わり果てた、変わり切った互いを認識し合う。

「スイボクさん、邪仙っていったい……」

「己の醜さを認められぬがゆえに仙気が濁り、若返るはずが老いていく……仙人の病だ」

俗人からの問いに、スイボクは答える。

若返っている、修行を完成させている、一人前の仙人が兄を語ってしまう。病んだがゆえに老いた兄は、成熟した仙人になった不肖の弟に戸惑ってしまう。

「……俺が、悪いのだ」

何もかもが止まった錯覚に包まれている中で、スイボクだけが動いている。

「あとは儂に任せてくれんか」

かつて荒ぶる神と恐れられた男は、あまりにも静かにそう伝えていた。

危機

アルカナ王国の国王と、四大貴族の当主たち。

彼らは毅然とした態度をとりつつも、無言で円卓を囲んでいた。人を動かすのが彼らの仕事ではあるのだが、この状況で彼らの指示に従ってくれる者は少なく、彼ら自身有効な手をすでに打ち終えていた。

「時期が悪かった……誰も悪くはない」

ソペードの当主の言葉は、果たして自己弁護なのか。今更のように、非常時という言葉が脳裏をよぎる。

矜持《きょうじ》を捨てて、恥を忍んで、山水を呼び戻しておけばよかったのではないか。このままでは自分の判断によって国家が滅亡するのではないか。その考えが気難しい武人を追い詰めている。

「しかし、なぜ天槍《てんそう》の使い手は我らを滅ぼさないのでしょうか。その目的はいったい……」

正蔵を従えているカプトの当主は、この状況に混乱していた。

この天災には、アルカナ王国を滅ぼす以外の意志がある。それを感じ取ってしまうからこそ、なおのこと惑っている。

「いずれにせよ、我らは己の切り札を信じるほかない。せめて、この混乱が終わった後にどうするかを話し合うべきなのだろうが……」

国王の言葉は、あまりにも空虚だった。古今東西を問わず、『べきなのだろう』と口にする者は、何の気力も湧いていないのだ。

「情けない話だ」

己たちを主と仰ぐ、神から力を賜った男たち。非凡な彼らに比べて、この場の権力者はあまりにも凡庸だった。

日の光が遮られたこの状況では、悪い考えしか浮かばない。取り乱さずにいるだけで精いっぱいだった。

「し、失礼します！」

その会議に、飛び入りの報告が入っていた。

慌てた騎士が、息も整えずに国王の部屋に踏み込んだのである。

「ディスイヤより、ウキヨ・シュン様がお見えになりました！」

「なんじゃと？　儂《わし》はカプトへ向かえと命じたはずじゃ！」

現在カプトに向かわせているはずの、『考える男』浮世春。その彼がここに来るのは、あり得ない話だった。

先ほどまでとは違う困惑が会議室を包む。

「加えてもう一件！　王都近くの森が、突然消失いたしました！」

それは、さらに違う種類の困惑に切り替わる。

「森があったはずの場所には、巨大な大穴があいているとのことで……まるでくりぬかれたようだと」

報告している騎士自身、もはや世界の終わりかと思うほどだった。まさに未曽有《みぞう》の天変地異、暗雲が天を包み大地が消える。起こってはいけないことが、立て続けに起こっている。

「！」

だがしかし、その情報はこの場の五人にとって別の意味を持つ。彼らはそこに誰がいるのかを既に知っていた。

「……動いたのか、世界最強の男が」

天啓を受けたように、国王は状況を理解していた。

この国で最強を誇る剣士山水を、五百年かけて育てた想像を絶する剣士、荒ぶる神スイボク。

その彼が住まう森が消えたのならば、彼が動かしたとしか思えない。

「どうやら、事態が見えてまいりましたな」

カプトの当主が言うように、困惑は去り、落ち着きが場を支配しつつあった。

「儂の可愛いシュン坊を、ウキヨ・シュンをここへ連れてまいれ」

「承知いたしました！」

この場の五人が落ち着きを取り戻したことで、騎士は安堵し礼儀を取り戻していた。

その彼が部屋を出て程なく、一人の青年と艶やかな女性が入ってきた。

「ディスイヤ家当主直属掃除人、浮世春と申します」

青年のほうだけが名乗り、女性のほうはつまらなそうにしている。しかしそのことを咎《とが》める者は、この場にはいなかった。

「汚れ仕事しかできない分際で、この場へ入ったことをお許しください」

礼儀上の定型文ではなく、本心から申し訳なさそうにしている春。

ディスイヤ家の当主以外は、その姿を注意深く観察していた。

今までディスイヤを出なかった彼が、初めて他の当主たちの前に立っていた。

「前置きはよいぞ、儂の可愛いシュン坊や」

怒ってはいない、あわててもいない。幼い孫をあやすような声色で、ディスイヤの当主は話しかける。

「カプトへ向かうように命じたはずが、なにゆえここへ来たのか。もしや、剣聖の師であるスイボク殿と関係があるのかのう」

「ご存知でしたか」

考える男と呼ばれる青年は、とても静かに語り出した。

「ご老公の命により、カプトへ向かっていた道中。暗雲が東に見え始めた時、スイボク殿が目の前に現れました」

世界で最強の男が、なぜ春へ接触したのか。その言葉の続きを、誰もが待っている。

「彼が言うところには、暗雲を広げているのはフウケイなる同門の兄弟子であると。まず間違いなく己を殺すためにここへ来たので、自分が始末をつけに行くと」

「仙人がドミノからヴァジュラを盗み、スイボク殿のいる森へ向かっていたということかのう？」

「そうおっしゃっておられました」

春の話を聞いて、五人は納得した。

同時に、既に現地で戦っているかもしれない、祭我たちが危ういのだと理解してしまう。

五百年生きている山水でさえ、仙人の中では未熟だという。スイボクよりもさらに年長であろうフウケイは、祭我たちでは手に余る相手のはずだ。

「スイボク殿自ら動き、事を収めるとおっしゃっていたのだったな？」

「はい」

「ではなぜ、お主のところへ来たのじゃ」

「スイボク殿がおっしゃるには」

春の口から出る声色は、興奮ではなく憐憫《れんびん》と敬意があった。

「私が赴けば、フウケイ殿を殺せてしまうとのことで」

スイボクよりもさらに年経た仙人を殺せると言われても、何の感慨もないようだった。

「フウケイ殿のいるところへ向かう私を察知し、己に任せてほしいと願いに来たのでございます」

沈んでいる彼は、スイボクを憐れんでいた。悠久の時を超えて鍛え続けてきた仙人が、凶行に走る兄を命がけで止めに行くこと。それ自体を心底憐れみ、敬っていた。

「こんな私へ、平伏して頼み込んだ。その心中を想うと、無下《むげ》にできませんでした」

仁義を知る青年は、改めて謝罪をする。

「ご老公の命令に反したことを、深くお詫びいたします。如何なる罰も、お受けいたします」

「よい、よくぞ知らせてくれた」

本当に心の底から、知ってよかったと思っている。

先の見えない不安に押しつぶされそうだった五人は、事態が解決に向かっていることを喜んでいた。

「ともあれ、剣聖殿のお師匠が動いておるのなら安心じゃな」

「はあ？　アンタマジでそう思ってんの？」

気を緩めていた老体を、今まで黙っていた女性が侮辱する。

非礼や無礼どころではない、四大貴族の当主へは許されない言葉遣いだった。たとえ国王でも、こんな口をきくことはないだろう。

「おい、黙れ」

「あのね、シュン君。こいつらが能天気だから、我が教えてあげてんのよ」

だがしかし、彼女は罰せられることはない。罰とは人間が人間に下すものであり、間違っても神の宝を裁くことはない。

「パンドラ」

春が呼んだように、彼女こそパンドラ。破滅の災鎧《さいがい》、パンドラである。

他の神宝《カンダカラ》同様に、荒ぶる神と呼ばれたスイボクのことを知る存在だった。

「あの化け物が、同じぐらい修行してるのと戦うんだよ？　これぐらいの国が十個ぐらいまとめて吹っ飛んでも不思議じゃないって」

「そうなのか？」

「そうだって」

パンドラは真剣に案じていたのだ、この国が根こそぎ、大地ごと滅びることを。

「二千年ぐらい前のスイボクでさえ大陸を海に沈めたりしてたんだよ？　それからずっと修行してるわけじゃん」

これから起きることは、剣十二人の殺し合いなどではない。

「人間の尺度で言えば、天地を操る仙人は神そのものなんだから」

人の理を超えた、神々の衝突だった。

決裂

『スイボク、己は……己はいつか必ずお前を止める……！』

『たとえお前と同じことをすることになったとしても、己はお前を許さない！』

『己は、お前に追いつき、後悔させる！』

『自分の蛮行を、凶行を！　仙道を弄《もてあそ》んだ罪を味わわせる！』

『己は、今この時からお前を止めるためだけに生きる！』


「スイボクさん」

祭我にスイボクと呼ばれている男を見て、エッケザックス以外の神宝《カンダカラ》やフウケイは困惑していた。

かつての荒々しさが微塵もない模範的な仙人は、フウケイとは対照的に存在感が希薄だった。その気配が周囲の自然と馴染みすぎて、そこにいると確信していなければ目に入っても意識できなかった。

「本当にすまなかった」

スイボクは手元に引き寄せた三人と、エッケザックスを浮かび上がらせる。

「外功法、投山《とうざん》」

山水は触れたものを触れている間だけ浮かせることができたが、スイボクは一度触れさえすれば浮かせ続けられる。

風の魔法などによる推進力を利用した荒々しい上昇ではなく、風船のようにゆっくりと浮上していく三人とエッケザックス。

「スイボク！」

抵抗できない上昇の最中、もがきながら手を伸ばすエッケザックスは彼の腰を見た。

かつて自分がいた場所には、山水同様に手製の木刀があるだけである。

「スイボク……」

既に決別も、和解も終わっている。共に戦うことはないのだと、理解してしまう。

エッケザックスと三人は、そのままノアの甲板に下ろされた。船べりから三人の戦いを見守っていた面々があわてて駆け寄り、虚脱している三人の体を確かめる。

「ご無事ですか！」

法術の治癒を得意とするパレットは、まずトオンを検《あらた》める。自己治癒が可能なランと祭我と違い、彼は些細な怪我でも後に残りかねない。

「……無事だ」

放心状態のトオンは、ここでも決して無様ではなかった。

尻もちをつくように座り込んでいるが、その表情には無念だけがある。

「……みな、すまない。私は、戦いの中で思考を捨ててしまった」

相手が不死身だったとしてもまだやれることがあった、あの場を切り抜けることはできた。にもかかわらず、自分の失敗によって命を落としかけた。九死に一生を拾った彼は、己の失態を悔いていた。

「みなの代表面《ツラ》をしておきながら、この体たらく……未熟を恥じるばかりだ」

情けなさで涙をにじませている。

それを見て、体を震わせているのは、『みな』と呼ばれた同門たちだ。

山水のことを師匠と仰ぎ、父のように尊敬していた。それと同様に、トオンのこともまた勝手に己たちの代表だと思ってしまっていた。

異国の王子であり、影降ろしという希少魔法の使い手であり、ドゥーウェと将来を約束している美男子。その彼が自分達とどれだけ違うのかを知った上で、勝手に同じ仲間だと思ってしまっていた。

それが一方的な錯覚ではなく相互だと知って、感動に打ち震えていたのだ。

「……俺も、情けないです」

最強の剣を取り落としている祭我は、顔を両手で押さえていた。

「俺は神剣を持っていて、バトラブの次期当主で、三人の中では一番強かった。なのに、トオンさんを守ろうともしていなかった。スイボクさんが来てくれなかったら、トオンさんは俺の前で……俺ならなんとかできたかもしれないのに……」

優れた素質を与えられながら、高い地位を約束されておきながら、それにふさわしい働きができなかったことを嘆いていた。

「それに……スイボクさんが来てくれた時に、もう、戦わなくていいんだって思ったんだ」

無言のランも、腰を下ろしていた。相変わらず髪を銀色になびかせているが、既に戦意は失われていた。

優勢だった時はあれだけ果敢に戦ったにもかかわらず、劣勢になり援軍が来るや否や、一切の気勢を失っていた。

呆れるほどの未熟、惰弱、負け犬ぶりである。

「バトラブの次期当主として戦うって言ったくせに……スイボクさんに任せてしまって……」

幸い、誰もが体に目立った傷を負っていなかった。

だが心は傷だらけで、気力が残っていなかった。

気高いがゆえに心を痛めている彼ら三人を前に、アルカナ王国の面々は共感し共鳴していた。

「おい、ハピネ、ドゥーウェ。祭我とトオンを立たせろ」

そんな彼らを叱咤するのは、ドミノの長である右京だった。

天の槍を奪われ、何もできずに見ているだけだった彼は、それでもへこたれている面々を奮い立たせる。

「せめて、見届けるぞ。これから何が起きるとしてもな」

悠久の時を超えて再会を遂げた、仙人の兄弟。その二人がこれから何をするのか、すぐそばにいる者として見届けなければならなかった。

「もう、それぐらいしかできないだろう」

唯一できることは、見届けること。右京は敗北した戦士たちへ、立ち上がるように促す。右京にはそれしかできないが、右京がいなければできないことだった。

右京の言葉に従う形で、ハピネが祭我を、ドゥーウェがトオンを。それぞれ寄り添い手を貸して、なんとか立たせる。

「立てるか？」

「……ああ」

ランに関しても同様で、スナエが手を貸していた。

本来なら興奮状態の彼女では、そんなことを言ってくるだけで激怒するだろう。だが彼女でさえ、立ち上がるには手を借りる必要があった。

「みんな立ったか？　しかし……」

右京は改めて戦場を見下ろす。

そこにいるのは、戸惑っているフウケイと戦意のないスイボクだった。

とてもではないが、これから戦いが始まるという雰囲気ではない。

「ふっふっふ……本当に、善い仙人になったのだな！」

嬉しそうに笑うエリクサーだが、他の面々はまったくそれどころではない。

『あ、あれ、本当にスイボクなの……？　全然違うんだけど……』

覇気の一切がなくなっている姿を見てノアが慄《おのの》く。

山水という弟子を育てたのだから、当人も多少は成熟しているだろうと思ったが、それにも限度がある。彼女の知る過去の姿と、あまりにもかけ離れていた。

だがフウケイは、神宝たちよりもさらに困惑していた。

「スイボク……なのか」

ついに、フウケイが名前を呼んだ。

「三千年ぶりだね、兄さん」

悲しげに、スイボクは答えた。

「何をしに来たのか、僕はもうわかっている」

スイボクは腰に差している木刀を抜いたが、それを構えることはなかった。地べたに正座し、木刀の反っている側を、真剣ならば刃がある側を、己に向けながら膝の前に置く。その上で深く頭を下げた。

「この首、兄さんにならば喜んで差し出そう」

この上ない無抵抗、降伏を表す所作だった。断罪を待つ咎人は、己の良心に従い、罰を受けるべく待っている。

「さあ、斬ってくれ」

もはや如何なる仙術も剣術も不要。スイボクは己の命を、フウケイにゆだねている。

「……」

信じられない光景を前に、フウケイはいよいよ何も考えられなくなっていた。

そして溢《あふ》れたのは感情であり、激怒だった。

「ふざけるな」

その想いが口からこぼれた時、フウケイは己の器を満たす怒りを理解した。

「ふざけるな！」

自分の怒りを、平伏している相手に向けていた。

「ふざけるな！」

天が轟《とどろ》き、雷鳴が鳴り響く。風が、雲が、雷が、あらゆるものが暴れている。

「ふざけるな！」

心あるものが、それを露わにしていた。

「ふざけるな！」

今にも泣き出しそうな、悲痛な叫びが止まらなかった。

「……むごい話だ」

ダインスレイフは、フウケイを憐れんだ。それは彼女だけではなく、他の面々も同様だった。

フウケイはスイボクを殺すために、膨大な修行を積んだろう。しかし、そのスイボクを殺すには、強さなどみじんも必要なかったのだ。

フウケイがスイボクを殺す理由が、ただの大義ならよかった。人間性からくる殺意ではなく、必要性からくる駆除ならよかった。

ふざけるなと、壊れたように繰り返すフウケイの姿は、どうしようもなく人間じみていた。

フウケイにとって、スイボクは強大であり邪悪でなければならない。自分の培ったものをすべてぶつけて、ようやく超えられる壁でなければならない。

そう、これは復讐だった。復讐だからこそ、勝利が必要だった。

差し出された首を斬り落とすだけなど、あってはならないことだった。彼が求めていたものは、これではないはずなのだ。

「戦え！」

フウケイは、自分の日々が無価値ではなかったと信じるために叫ぶ。

「己と戦え！」

あまりにも人間らしい矛盾に満ちた言葉。強くなることが勝つためならば、労せずして勝てる状況で強さが不要であることを嘆く意味はない。強さとは手段であって、目的ではないのだから。

目的を達成できればそれでいい、備えが無駄に終わっても大したことではない。

そうして合理的に割り切るには、フウケイはあまりにも人間だった。

「……友よ、兄よ」

その葛藤を分かった上で、スイボクは戦うことを拒絶する。

「どうしてもか」

「どうしてもだ！」

沈黙の中で、誰もがスイボクの答えを待っている。長いようで短い時間、スイボクは葛藤していた。だが結論は、既に出ている。

「そうか」

スイボクは、顔を上げた。目を閉じて、己の凶行に思いをはせる。

あの時から成長しているはずなのに、同じことをしようとしている己を嘆いていた。

嘆きながら、木刀を握り立ち上がる。

「錬丹法、金丹《きんたん》の術……！」

その肉体が、明らかに大きくなっていく。子供の姿から、青年の姿へ。若い木が伸び行くように成長し、戦うための体に切り替わっていく。

それを見て、フウケイは安堵し、歓喜し、憎悪する。悠久の時を超えて練り上げた強さを、ようやくぶつけられる喜びと、怨敵《おんてき》を前にした激情に満たされる。

「風景流《ふうけいりゅう》仙術、集気法絶招《しゅうきほうぜっしょう》！〝斗母元君《とぼげんくん》〟我龍転生《がりゅうてんせい》！」

ヴァジュラがきしむほど強く握りしめ、腰を深く落とし、大地を踏みしめた。

空気がひりつき、軋み、弾ける。フウケイの気勢が、そのまま周囲へ現れている。

今までは本気でもなんでもなかったのだ、ノアに乗り込んでいた面々は確信する。フウケイの本気は、まさに今この時からなのだと。

『……同じだ』

俗人を乗せているノアがつぶやく。かつて荒ぶる神と呼ばれた時代のスイボクと、今のフウケイは完全に一致していた。

同門である以上当然なのだが、信じられないことだった。スイボクと同等の相手が出現するなど、想像を超えていた。

この世に一人たりとも存在してはならない暴虐の神、その二人目が現れることなど。

「君の人生、君の修行、君の絶招に、僕も僕の絶招で応じよう」

かつての自分に重なる兄弟子の姿を前に、スイボクもまた覚悟を決める。

四千年という長すぎる人生を賭して、ようやく手にした最強の力。それをぶつける初めての相手が、奇しくも兄弟子であることに因果を感じながら。

「水墨流《すいぼくりゅう》仙術総兵法絶招《そうひょうほうぜっしょう》、十牛図第十図入鄽垂手《じゅうぎゅうずだいじゅうずにってんすいしゅ》、自力本願剣仙一如《じりきほんがんけんせんいちにょ》」

スイボクは己の限りを尽くして戦おうとしていた。

「不惑の境地」

翻弄

互いに向き合う仙人二人。フウケイの放つ裂帛《れっぱく》の気迫は、船の上に立つ者たちにも風を錯覚させるほどだった。

対してそれを向けられているスイボクは、奇妙なほどに気配や気勢がない。先ほどまで平伏し命をゆだねていたこともあって、このまま棒立ちで斬られるつもりなのかと思ってしまう。

「ぬん！」

しかし、対峙しているフウケイは違っていた。スイボクという男を、仙人になる前から知っている彼は、木刀を構えているスイボクに対して些かの疑念も抱かない。

闘志闘気殺意殺気。それらが一切ないとしても、木刀を構えている以上は戦う気があるということ。

それを斬り伏せる、そのための三千年であった。

しかしだからこそ、疑念がある。スイボクもフウケイも、同門であり仙気しか宿さぬ身である。であれば、得物の差は途方もなく大きい。

如何にヴァジュラが戦いのための道具ではないと言っても、スイボクが手にしているのは単なる木刀。仮にぶつけ合えば一合《いちごう》で木刀が粉砕され、そのままスイボクは両断されるだろう。

（この己と、一合たりとも鍔《つば》ぜり合いをせずに勝つ気か！）

スイボクの心中を正しく理解したフウケイは、怒りを燃やす。

「！」

フウケイは爆発するように飛び出した。

「！」

声にならない咆哮《ほうこう》とともに、振りかぶったヴァジュラで斬り込む。

豪身功《ごうしんこう》と瞬身功《しゅんしんこう》、さらに重身功《じゅうしんこう》の合わせ技。フウケイの全力、爆発力、機動力に、ランさえもその姿を見失いかけていた。

防ぐ手段のない速攻、それに対してスイボクは如何に対処をするのか。

「！」

中段に構えていた木刀を、左手だけ離しながら横にする。

膝の力を抜き、腰を落とし、背筋を伸ばしたまま座り込んだ。

スイボクの初手、正座である。身を守るべき木刀は、膝の上に置いていた。

「〜〜！」

フウケイの一振りが、スイボクの頭上を斜めに通りすぎた。あまりにも静かに、回避が成功していた。

だがその見事さに心奪われるフウケイではない、即座に次の攻撃に移る。

下段を薙《な》ぐ、ヴァジュラの振り払い。通常なら相手の足を切る、倒れさせるための一撃。しかし座っている相手には、胴体を切り裂く必殺の一撃だった。

だが再び、槍が空を切る。フウケイがヴァジュラを振りぬいたあとには、スイボクの死体はおろか、スイボク本人さえいなかった。

消えた、そう思った時である。

「発勁法《はっけいほう》、崩拳《ほうけん》」

ヴァジュラの柄の上に立っていたスイボクが、発勁を込めた左の縦拳を浴びせていた。不意の、頭への一撃。不死身といえども、数瞬の隙が生じる。

その隙を逃すスイボクではない。既に振りかぶっている、右手一本での木刀の大降り。それが無防備な顔面へと命中する、そしてそれで攻撃が止まることはなかった。

「気功剣法《きこうけんぽう》、数珠帯《じゅずたい》」

フウケイの前歯、唇を破壊していた木刀が、膠《にかわ》でもぬったかのように皮膚へひっつく。暴れれば外れる程度の接着である、一瞬でもあれば十分に剝がせた。

だがスイボクはその接着を支点として、木刀を引く動作をした。木刀が顔面に接着されている以上、宙に浮いているスイボクの体がフウケイに接近するのは当然である。

「がふ!」

スイボクは左手でフウケイの頭をつかみながら、膝を顔面に当てていた。鼻を折るその一撃は、視界さえも奪っていた。

「気功剣法、毛釘《もうてい》」

フウケイの頭をつかんでいたスイボクの左手には、フウケイの髪が残っている。それを仙気で覆い、一時的に釘の如き硬さに変える。

「内功法、瞬身功」

ほんの一瞬、スイボクは体を速く動かした。

「鍼灸法、糸切」

全身に存在する急所へ、釘に変えた毛髪を打ち込んでいく。

神速にして精妙を極めた絶技は、フウケイが正気に戻るよりも早く全身の自由を奪っていた。

「が、は……？」

フウケイは理解が追いつかなかった。現状を把握するための脳がまともに動かないこともさることながら、あまりにも連続して別種の攻撃が当たりすぎている。

折れている歯が、ちぎれかけた唇が、折れた鼻が、かすむ目が、激しい痛みが外の情報を整理することに集中させない。

「内功法、重身功……気功剣」

前のめりに倒れるフウケイが、膝をつくまでのわずかな時間。スイボクは大上段に木刀を振りかぶっていた。

全体重を込めて、仙術による重量さえ加算して、無防備な後頭部に振り下ろす。

「ぬ」

ぬ、とだけ言って、スイボクは一旦攻め手を止めた。

フウケイの頭部は地面に埋まり、それによって彼の体は固定されていた。わずかに痙攣をするばかりで、再び立ち上がるようには見えなかった。

「……え？」

猛攻を受けていたフウケイはともかく、真上にいた面々には、スイボクの流れるような攻撃がすべて見えていた。

細やかな術理はわからないが、一方的に打ち込んでいることだけはわかった。あまりにも淀みなく、徹底して叩きのめす姿を見て困惑さえしていた。

「もう終わったの？」

鮮やかな攻撃は、もはや殺陣《たて》の域に達していた。

ドゥーウェがつぶやいたように、誰もが終わったことに戸惑っていた。

エッケザックスが放心するほどの事態だった。

「強すぎじゃ……」

トオンとラン、祭我が力を合わせてようやく一度倒せた相手。それをスイボクは、瞬く間に鎮圧していた。まさに、神の域に達した御業《みわざ》である。

「……ぬぅ」

それを為した当人は、地面に埋まっているフウケイを見下《みお》ろしていた。

見下《みくだ》しているのでない、ただ観察している。とても残念そうに、無念そうに見ている。

「まだ、終わっていない」

スイボクの言葉が、ノアの上にいる者たちに届いたわけがないのだが。それでもその直後に吹き荒れた気勢は、間違いなく伝わっただろう。

「おおおおおおおおおおおお！」

頭部を地面に埋め込んだまま膝をついているフウケイの肉体から、膨大な仙気が溢れていた。それはもはや風となり、直近にいたスイボクの髪や衣を大いに乱していた。

「があああああああ！」

仙人にあるまじき、獣のごとき絶叫。

屈辱を、土砂と共に味わわされた怒りが、声にも現れていた。

その一方で気力はみなぎっている。彼は安堵さえしていた、憎むことができていた。

「スイボク……！」

起き上がったフウケイは、逃げようともしていない己の弟を見た。笑顔に近い激怒の顔は、少なからず歓喜も混じっている。

「フウケイ」

「スイボク！」

間近で名前を呼び合う兄弟は、戦いが続くことを理解し合っていた。

「そうだ、それでいい！」

三千年の時を超えて再会した兄弟子、首さえ差し出した相手。それを瞬く間に叩きのめすその蛮行、まさしくフウケイのよく知るスイボクの所業であった。

「それでこそ、わが愚弟、わが怨敵《おんてき》！」

だからこそ、安心する。この悪鬼を打ち殺すための三千年は、決して無意味ではなかったのだ。もしも修練を怠っていれば、今頃己は死んでいたに違いない。

「そのお前を、斬り殺す！」

再び、ヴァジュラを掲げた。

「ぬ」

スイボクは、反撃することも回避することもなく、戦う意志を見せ続ける兄に応じていた。

「はあ！」

「縮地《しゅくち》」

一瞬で振り下ろされる一撃を、ほんのわずかな縮地で回避する。

本来地の果てまで離脱できる縮地でありながら、スイボクは鼻先をヴァジュラがかすめるほどの近くにしか移動しなかった。

「があああ！」

フウケイの連続攻撃に対して、スイボクは連続の縮地で回避する。踏み込んでくるフウケイの攻撃、その軌道を完全に読み切り、皮一枚の距離で刃が触れるような場所へだけ移動する。

刮目《かつもく》すべきは連続の縮地と、それに伴う繊細な見切りと胆力。ほんのわずかでも遅れれば、ほんのわずかでも近ければ、そのままスイボクは斬り殺されるだろう。

それを何度も繰り返しながら、スイボクは一度も失敗をしなかった。

（ここまで連続して、縮地ができるものなのか？　あり得ん！）

同じ術理を使うだけにフウケイはスイボクに驚嘆していた。

しかし、使える術が豊富なのはスイボクだけではない。経験が豊富なのも、スイボクだけではない。

（いや、スイボクならば、これぐらいできても不思議ではない。こちらを侮り、あえて短い縮地を繰り返していることを後悔させるまで！）

槍という武器は、柄が長い。それは遠くまで攻撃が届くというだけではなく、ある程度間合いの調節が可能。柄を握る位置を多少ずらせば、それだけで精妙な見切りを乱すことになる。

（だが体術の範疇《はんちゅう》では、スイボクが見切りを間違えるわけもない）

その程度のことで見誤るのなら、スイボクがこんな回避を選ぶわけがない。そんな小細工程度なら見抜ける自信が、確かにあるはずだった。

（ならば、速力を上げる！　より深く踏み込む！）

縮地を間に合わせないか、あるいは見切りを狂わせるか。同時に行えるのは、踏み込みの速度を上げること。

「発勁法、震脚《しんきゃく》！」

フウケイの足の裏から、仙気の波が放出される。それは大地に伝えられ、反動を生み出した。地面がめくれるほどの推進力により、フウケイはより深くスイボクに飛び込む。

「発勁法、震脚」

まったく同時に、スイボクの中段突きがフウケイの鳩尾《みぞおち》を突いていた。

「あぁ……！」

フウケイの突進に、スイボクの刺突《しとつ》が刺さる。フウケイは自分の震脚とスイボクの震脚、両方の威力を鳩尾で受け止めることになった。

硬身功《こうしんこう》によって身を守っているとはいえ、耐えきれるわけもない。

（ば、バカな！）

間合いを見誤り、攻撃が間に合わなかったのはフウケイのほうであった。

（己が震脚を使わなければ、逆に危機に転じていたはず！　なぜ見切れた、なぜ惑わない！）

戸惑うフウケイは、再び現状の把握が追いつかなかった。肉体的にも心理的にも生じた隙を、スイボクが見逃すはずがない。

「重身功」

頭部への一撃、あまりにも無防備な瞬間への大降りだった。

「が、ぐぅぅぅ……」

悶絶するフウケイを前に、スイボクは再び大きく振りかぶっていた。

だがフウケイは、既に鳩尾の傷を治していた。

(奴の流れを汲む者もそうだったが……至近では勝負にならん。間合いを取らねば！)

距離をとるべく、後方へ飛びのこうとする。

「内功法、軽身功《けいしんこう》！　発勁法、震脚！」

重くしていた体を軽くし、さらに足の裏から発勁を打つことによって後方へ飛び下がる。

「内功法、瞬身功。発勁法、震脚。気功剣法、数珠帯」

既に振りかぶっていたスイボクは、飛び下がったフウケイに遅れることなく打ち込む。

後ろに飛び下がるよりも、前方へ飛び込むほうが早いのは当然の帰結。スイボクの攻撃をフウケイは回避できず足を殴打され、さらに体を接着されてしまった。

(どうなっている！　なぜ読み切られる！　なぜ最善の一手を打てるのだ！)

数値では上回っているはずが、何をやっても通じない。フウケイの動作は、いずれもスイボクにつぶされている。

(だが、足なら問題ない！　数珠帯如き、問題になるはずもない！)

木刀で足を打たれたとてそう簡単に骨折するわけもない。仮に骨折したとしても、フウケイにとっては瞬時に治る傷だ。なによりも、頭部への打撃と違って術が妨害されることがない。

「発……」

「重身功」

発勁で数珠帯を引きはがそうとしたが、それよりも先にスイボクの重身功が発動する。

フウケイが発動している軽身功と打ち消し合った結果、フウケイは通常の体重に戻る。それは浮遊からの落下を意味していた。

「ぐ!」

受け身をとれずに背中から地面へ落ちたフウケイだが、その程度でひるむことはない。

スイボクはフウケイが起き上がるよりも早く数珠帯を解き、さらに少しだけ間合いを取っていた。

「この程度で……!」

反撃をしようとしたフウケイは、ただそれだけで機をずらされる。

「ふぅ……」

スイボクは呼吸を整えて、周囲の仙気を集めている。消耗した体力を少しでも回復させようとしていた。もちろん著しく消耗したわけではない、わずかに減っただけの体力を、わずかに回復させようとしているだけなのだろう。

（距離だ、距離をとれ。まずはそれからだ）

膝をついているフウケイは、立ち上がることよりも縮地で間合いを取ることを選んでいた。

意識を集中し、周囲の気配を感じる。

自分の現在位置から移動したい先への軌道を決める。

「縮……」

「縮地」

術が発動する刹那、木刀を振りかぶっていたスイボクが先に消えた。

「……地」

そして大きく移動したはずのフウケイの目の前には、既に木刀を振るい始めているスイボクがいた。

「ぐああ！」

無防備な側頭部への一撃は、いよいよもってフウケイを混乱させていた。

（バカな……先回りしたのか!?　己の縮地がどこへ向かうのかを把握してから、己が移動するより先に縮地した!?　あり得ない！）

全力で集中していたからこそ、痛みによる混乱は大きかった。

（そんなことを考えている場合ではない！　とにかく距離を作らねば！）

フウケイも膨大な戦闘経験を持っている。相手に殴られている最中で長く考え込むほど間抜けではない。

「おおおおお！」

フウケイは、全身から発勁を放つ。それは相手が近くにいる限り必ず当たる、さほど威力のない攻撃。はっきり言って、苦し紛れだった。

だがスイボクは悠々と後方へ飛び、有効範囲から逃れていた。

（やはり、避けられた……）

もはや驚く気力も湧かなかった。おそらくフウケイを殴打したすぐ後に、軽身功でも使って後ろへ下がっただけだろう。

（落ち着け……落ち着くのだ）

この短い戦闘の間に、嫌というほどスイボクの脅威を思い知った。

今度はそれを解析し、攻略するための戦術を構築しなければならない。

（己のほうが、速く、強く、硬い。仙気の充実ぶりも上、得物も上だ。であれば、なぜスイボクに打ち込まれている？　縮地がやたらと速いからか？　違う……何もかもが速い、先に動かれているだけだ）

一言で言えば、掌で踊らされている。

フウケイは置かれた状況を把握して、それに対して正しい行動をしている。しかしスイボクはフウケイの行動を先読みして、正しい行動を封じ込めている。

（行動の読み合いで負けているということか……呆れた胆力だ、失敗すれば死ぬというのに）

スイボクの動きは、どれも失敗すればそのまま死ぬようなものばかり。それを平然と実行し、一度も失敗していない。瞠目すべき技量である。

（後《ご》の先《せん》、先の先《せん》を完璧に実行できるということか。だが……ならば対処法はある）

今までのスイボクは、常にフウケイへ先手を譲っている。フウケイを先に動かした上で主導権を握り続けていることは恐ろしいが、逆の考え方もできる。

（スイボクに先手を譲ればいい。己のほうが速く硬いのだから、先に動かせば後からでも間に合うはずだ）

後の先も、先の先も、失敗した場合の危険性や、実践での難易度の他にも弱点がある。戦う相手が攻める気を持っていなければ、技として成立することはないのだ。

相手の攻め手を待つという意味では、どちら同じである。

（つまり、迎撃に徹すればいいのだ。スイボクが攻めてこなければ膠着するが、スイボクがそんなことをするわけがない）

フウケイは、受け身に徹していた。スイボクの一挙一動を見逃さぬように腰を落とし、縮地で間合いを詰めようとも即座に斬り落とす構えだった。

（攻めてこい、スイボク。まさかお前が、臆して留まることなどあるまい）

一種の信頼と言っていいだろう。フウケイはスイボクが攻めないとは、一瞬たりとも疑わなかった。

　フウケイによる隙のない迎撃の構えに対して、スイボクは必ず飛び込んでくる。そう信じればこそ、余裕を持ってそれを待っていた。

「発勁法、震脚」

　そして、スイボクはそれを裏切らなかった。

　いや、裏切るどころか上回った。大上段に構えたスイボクは、震脚によって遠い間合いを一気に詰めてきた。

(愚かな!)

　跳躍からの一振りなど、槍を持っている相手に剣士がやっていいことではない。

　多少速く跳躍していたとしても、遠くからならば悠々と機を狙える。間合いの広さからいっても、フウケイのほうが圧倒的に有利だった。

「ぬぅん!」

　横薙ぎの一閃が、跳躍するスイボクを迎え撃つ。

　完璧に機を捉えた動きは、高速で移動するスイボクに命中するはずだった。

「軽身功」

　しかし、スイボクの動きが空中で停止した。

　跳躍していたはずのスイボクは軽身功によって軽くなり、地に足を着けぬまま動きを止めたのである。

「なあ！」

フウケイの一振りは、完全に空を切った。それはつまり、フウケイの体が大きく崩れたということである。

（釣られた！）

常人を超えた速度と力でヴァジュラを振るったフウケイは、常人でもわかるほどの時間無防備になっていた。

前のめりになり、たたらを踏みかけ、体をしっかりと支えられなくなっていた。

「瞬身功」

大上段に振りかぶったまま空中で停止したスイボクが、槍の間合いのぎりぎり外から再始動する。一旦木刀を中段まで降ろし、そこから踏み込み突き込んだ。

フウケイが狙った後の先に対する、さらなる後の先。スイボクの木刀は、フウケイの喉を確実にとらえていた。

「おごっ……」

仙人は水中だろうと炎の中だろうと、窒息することはない。しかし喉を潰されると仙気の流れが滞り、呼吸が苦しくなる。

その隙をついてスイボクは再び後方へ下がり、間合いを取り直していた。

（もう一度仕切り直すつもりか？　だが無駄だ、今の手が二度通じると思うな。もっと深く踏み込んでから切り払えばいい）

瞬時に回復した喉を確かめつつ、フウケイは再び迎撃の構えをとる。どれだけ小さな動きでも見逃すまいと、目の前の相手に集中する。

そして、その途中で違和感に気付いた。

（ぼ、木刀はどうした⁉）

心もとないながらも、スイボクにとって唯一の武器だった木刀。それを今のスイボクは持っていなかった。

先ほど喉を突いた時には持っていたはずであり、それからフウケイが喉を傷めている間、スイボクを見ていなかったわずかな間に手放していたことになる。

（いったいどこに……！）

その答えは、即座に示される。

「外功法、投山」

フウケイの頭上に浮いていた木刀は、一瞬で圧倒的な重量を与えられ、フウケイの頭に命中していた。

「ぐあっ」

木刀の切っ先が、フウケイの頭蓋骨の奥へと陥没する。それは中身をかき混ぜるということであり、当然ながらフウケイの体は一瞬で行動不能に陥った。

「縮地法、牽牛《けんぎゅう》」

与えられた重さが消えて元の重量に戻った木刀は、フウケイの頭から外れて落ちかけた。

それをスイボクは縮地で手元に引き寄せ、血振りする。フウケイの体液が、地面に線を描いていた。

「ふむ」

息を乱してもいないスイボクは、注意深くフウケイを観察していた。

地面に倒れているフウケイは、急速に頭部の損傷を回復させている。幾度となく致命傷を受け膨大な再生を繰り返してなお、仙気の枯渇、回復の限界を見せなかった。

「信じられないな、本当に不死身とは」

自らの首を差し出した兄弟子を、この上なく叩きのめしたスイボクは、自分の凶行が無意味だったことに感嘆している。

そして殺しに来たはずの弟弟子に、手も足も出ずに叩きのめされているフウケイは、一切の恐怖もなく立ち上がっていた。

「無意味を悟ったか、スイボク」

確かにスイボクは、傷一つ負うことなくフウケイを圧倒した。しかし立ち上がったフウケイにも、何一つ傷は残っていない。

「お前が強いことなど知っている、お前に武で後れを取ることも知っている」

何も諦めていない男は、再びヴァジュラを振りかぶっていた。

「だがそれを知った上で、己はここにいる。それを知った上で、お前を殺せるからこそ今日ここに来たのだ」

スイボクが故郷を滅ぼしてから三千年、フウケイはこの時のために鍛錬を重ね続けてきた。

スイボクがどれだけ強くとも、食らいつき食い殺す。そのためだけに、不死身の肉体を手に入れていた。

「貴様がどれだけ『最善』を尽くそうと、この体を壊すことはできん！」

だん、と強く地面をヴァジュラで叩く。

常識外の速さでの地動法。フウケイを中心に、大地がめくり上がり、変形していく。

「大地の力をその身で受け止め続けているのか……」

「然り！　故に己は無尽蔵！　我が境地は不死身に至るだけにあらず、如何なる土地であっても馴染んだ場の如く大地を動かせるのだ！」

巨大な土地を動かすには、相応の準備を必要とする。それは普通の仙人でも、スイボクであっても変わらない。しかしフウケイが到達した独創の仙術は、不可能を可能にしている。

「そして天の槍は我にあり！　既にこの星のすべてがお前の敵だ！」

天地人、すべてが万全にして無敵。それをもって、フウケイはスイボクの前に立つ。

「もはや貴様に、できることは何一つない！」

そして、スイボクは木刀を手に、悲しげな顔をする。

「僕が強いと知った上で僕に勝つ、僕が最善を尽くしても殺されることはない、か……」

スイボクは、フウケイを憐れんだ。

「見当違いだよ、兄さん」

天地を掌中に収めてなお、己のことも相手のこともわかっていない。

世界最強の男は、自分がゆがめてしまった男に罪悪を感じていた。

先ほどまでフウケイと戦っていた三人を含めて、船上《ノア》の誰もが息を呑んで見守っていた。

その中で、右京がぽつりと漏らす。

「……ドミノで引き留めなくてよかったぜ」

属国でありながら、宗主国に迷惑をかけている事実。それを分かった上での、我が身可愛さの一言。なんとも恥知らずな発言だったが、誰もがそんなことを気にしていなかった。

精妙を極めた神域の剣を見せるスイボクは、まさに山水の師であった。同等以上の年月を武に捧げたフウケイを、一切寄せ付けていない。

常に上を、常に先を行き続けている。それこそまさに武の神髄、山水が体現した剣士の理想像であった。

だがフウケイは負けていない。何かの冗談のように机上の空論を現実に変えた荒ぶる神を相手に、不死身の肉体と不屈の精神で喰らいついていた。

常に興奮状態だったランをして、理合いの権化たる山水には膝を屈するほかなかった。

この船には彼女以外にも山水と戦って負けた者たちが多いが、だからこそ挑み続けることの困難さを知っている。

手も足も出ない相手と戦うのは、積み重ねた鍛錬を否定されるようなものであり、尋常ではないほど心が削られるのだ。

「今日、この時のための不死身、か」

ダインスレイフがつぶやく。

フウケイはどんな相手にも余裕で勝つために不死身となったのではない。スイボクにどれだけ叩きのめされても負けぬために、全力で不死身を目指したのだ。

もしもその鍛錬を怠っていれば、最初の攻撃で拘束されて終わっていただろう。

「さてさて、フウケイとやらはここからが本番のようだぞ。スイボクは天地を操れぬし、いかにして捌《さば》くのだろうな！」

嬉しそうに戦況を見守るエリクサーは、スイボクの動きを注視していた。

「え？　スイボクさんも天地を操るんじゃないんですか？」

祭我はエリクサーに問う。スイボクもフウケイも仙人である以上、最大の術は天地を操るもののはず。これから始まるのは、まさにそれが衝突するところではないか。

「それがそうもいかぬのだ！　皆、後ろを見てみよ！」

誰もがスイボクとフウケイの戦いを見ていたが、エリクサーに促されて背後を見る。

暗雲の下で視界はきかないが、そこにはカプトの東端である要塞都市があった。

そのすぐ上に巨大な土塊が浮いており、都市の上に蓋をしていたのである。

「な!?」

カプトの次期当主であるパレットが、特に驚き慄《おのの》いた。

自分たちの背後に、巨大な山が現れたように見えたのだから当然である。

だが誰もが驚くばかりではない。その森の大きさを見て、トオンは土塊の正体を察した。

「……もしや、スイボク殿の住まう森では？」

二重三重の意味で天地がひっくり返っているが、それは確かにスイボクの住まう森だった。

スイボクはこの地へ赴くにあたって、千五百年もの間仙気を満たし続けた森を動かした。

広大な森を地中深くまでえぐり、さらに上下を反転させて文字通り土の屋根を作ったのである。普段は埋没している地層が上となり、森の木々が真下を向いていた。

重力を操るのが仙人ではあるが、いったいどれだけ珍妙な操作をすればこうなるのか、俗人の理解が及ぶものではない。

「まさか……カプトの都市を守るために？」

切り札の中でも最大火力を誇る正蔵は、己の矮小さを思い知った。

未だに限界を知らぬ己の魔力をもってしても、ここまで巨大な森を浮遊させ維持するなど、到底可能とは思えなかった。

同時にスイボクの気遣いに感服した。スイボクは己が手足の如く動かせる森林を、無関係の民が暮らす街を守るために使っているのである。

天変地異をもって、天変地異を防ぐ。まさに仙人と仙人の戦いであるが、支配している土地を他者の防御に割いている分、スイボク自身は完全に無防備である。

「スイボクに負ける気はない……ならば、このまま勝つ気じゃろう」

エッケザックスが評するように、スイボクは首を差し出す気ではあるが、戦いで手を抜いて負ける気はない。それは今までの戦いを見れば明らかだった。

であれば、天地を操る仙人を相手に、天地を操らぬまま勝つ気なのだろう。普通ならあり得ざることと思うだろう、少なくとも祭我たちには無理だった。だがスイボクならば、不可能ではない。余人の想像を超える術理で、対処し圧倒するに違いない。

だがしかし、余人の想像を超える術理であるからこそ、余人は期待と不安の入り交じった心にとらわれる。

フウケイが想像しているように、山水がそうであるように、スイボクといえども当たりさえすれば死ぬのだから。

『……ねえ、ちょっと待って』

そして、今更のように、箱舟ノアが気付いた。

『もしかして……逃げないの？』

極めて強固な船体に加えて、乗っている人間の死にたくないという思いに応じて強度の高い障壁を生み出すノア。

災害に耐えるために生み出された神宝《カンダカラ》は、この状況でも安全な場所として維持されていた。

だがしかし、その神宝をかつて破壊した者こそスイボクである。それが同等の術者と戦うなど、彼女にしてみればたまったものではない。

「はっはっは！　頑張れ！」

エリクサーが激励するが、それにはノアにとって何の益もない。

『助けてダヌア〜〜〜！』

ノアの内部は無事だとしても、ノアは文字通り一身で全員を守り、この場に踏みとどまらなければならない。

文字通りの意味で天地を揺るがす決戦を、ノア以外の全員が見届ける覚悟だった。その被害を受けるのは、覚悟ができていないノアだけだった。

そして、ノアに決定権はない。

×　×　×

（体術においても、お前は天才だ！　そんなことはわかっている！　そのお前に勝つために、己は今日まで準備をしてきたのだ！）

フウケイはスイボクが強いことなど知っている。知った上で叩きのめすことを誓い、三千年もの間鍛えてきた。

もちろん人の技で後れを取ったことが快いわけもないが、それで負けてもまだまだ手はある。

むしろ仙人にとっては、天地をぶつけ合わせてからが本番である。

風景流《ふうけいりゅう》仙術、集気法絶招《しゅうきほうぜっしょう》、斗母元君《とぼげんくん》、我龍転生《がりゅうてんせい》。

その効果はわかりやすく言って三つ。仙気が無尽に供給されること、術者が不死身になること、初めて訪れる土地でも大規模な地動法が使えることである。

天地を操る術は習得に数百年を要するが、準備にもまた数十年の時間を要する。馴染んだ修行の場でこそ最大の力を発揮できるのだが、集気を極めたフウケイはその限りではない。

スイボクはここに千五百年も過ごした土地を持ち込んでいるが、それは既に蓋として使っている。であればフウケイのほうが圧倒的に有利だった。

（何よりも、こちらにはヴァジュラがある。己の天動法をさらに強くし、スイボクを押し切れるはずだ！）

にもかかわらず、フウケイは勝利を心から信じることができなかった。

（奴がエッケザックスを使えば話は変わってくるが、それでもこちらの有利は覆らない！）

矛盾した思考が、脳裏を占めている。

（だが、このままでは抵抗もできないだろう。この期《ご》に及んでもエッケザックスを使わないのか？　先ほどのように、己に命を差し出す気か？　いや、そんな殊勝な男ではない！　この己を下に見ているのか？　許せん！）

　スイボクは、静かにフウケイを見つめているだけだった。

（先ほどの俗人ども同様に、術の発動を防ぐつもりか？　あり得ないわけではないが、スイボクがそんなことをするか？）

　その静かさが、とても不気味だった。

　かつての荒々しさがなくなっている分攻め気を感じることはないが、存在感がないほどの静かさは盤石さがあった。

　どう攻めても無駄に終わるだけ、自分が傷つくだけ。謝ってしまうか、逃げてしまうか、そのほうがいいのではないかとさえ思ってしまう。

　そしてそれは、山水と戦った剣士たちと同様だった。

（下らん！）

　だがここで退《ひ》けるはずがなかった。

　ここで退き下がるには、フウケイは時間を重ねすぎている。

（己を信じずして、相手に勝てるものか！）

　目の前のスイボクと、今日までの鍛錬。比すればどちらが重いか、それはフウケイが決めること。

「天動法、杞憂！」

フウケイがヴァジュラを用いて、天を動かす。巨大な暗雲が、大岩のように落下してきた。

言葉にすればあり得ざることだが、本当にそうなっている。

天をふさぐ雲の一部が切り取られ、高速で大地へ降りてきたのである。雲が岩に変わったと勘違いしてもおかしくはないだろう。

「地動法、潜地行《せんちぎょう》」

スイボクは己の足元、狭い範囲の地面を操作する。固かった地面は泥沼になったかのようにスイボクを呑み込んでいた。

それに少し遅れて落下してきた暗雲は、膨大な重量と速度をもって地面を押しつぶした。

地中深くへ難を逃れたスイボクは、傷一つ負うことなく息を潜めていた。

広範囲にわたる術に巻き込まれたノアは、その防御壁によってその圧力を防ぐ。

結果として、その術によって怪我をした者は一人もいなかった。

「そう動くと思っていたぞ！」

だがそれは、フウケイにとって想定内である。潜地行自体が地動法の中でも初歩の初歩であり、天候を回避するならば地中へもぐることは合理的であった。

だがだからこそ、フウケイはそれへの備えをしている。

なんとも恐るべきことに、巨大な暗雲を落下させる大規模な術も、フウケイにとってはただの牽制でしかなかった。

彼はその無尽蔵の仙気によって、周辺の大地を支配している。

大地に潜んだスイボクの位置を補捉できると共に、その周辺の大地を浮かび上がらせることができるということである。

「どうだ、もう逃げられまい！」

スイボクの潜んだ大地、その周辺ごと浮かび上がらせて持ち上げる。その範囲は広大であり、小山がまるまる浮かび上がったかのようだった。

稀有壮大な大地を操る術であるが、縮地《しゅくち》による回避を妨げるためでしかない。

「風景流仙術天地法絶招、〝盤古《ばんこ》〟天地混沌！」

浮かび上がった大地が、ヴァジュラと仙術による風で削られていく。

スイボクがどれほどの天才だとしても、原理上、土の中で縮地を使うことはできない。

くりぬいた地表を高速で小さくしていくその風の檻は、人間が抜け出る隙間を一切残していない。

逃げ場を失ったスイボクが、遠からず風の餌食になることを意味していた。

「もう逃がさん！　無駄口も叩かせん！　このまま削り切ってやる！」

フウケイは今もスイボクの気配を感じ取っていた。くりぬいた大地の中に、スイボクはいる。

囮《おとり》でも偽装でもなく、本人が土の中にいる。

このままいけば、確実に殺せる。フウケイが三千年の時をかけて作り上げた必勝の型は、正にスイボクを殺そうとしていた。

「一度でも風でとらえればそのまま削り殺してやる！　人参果《にんじんか》の術で延命しても、追いつかぬほどに粉砕してやる！」

スイボクに勝つには、まず攻撃を当てねばならない。それが途方もない難行であり、苦悩だった。

（かつての己は、千年の間で二度三度、お前の服にかすらせることしかできなかった。だが今は違う！）

今の状態に至るために、フウケイは三千年を費やしていた。

「さあ、どうする！　どうするのだスイボク！」

これで勝てる、これで殺せる、これで終わり。長く、永く、遥か昔から目指していた偉業を達成しようとしている。

こんなにもあっさりと、憎んでいたはずのスイボクを殺せる形に入った。

おかしい、こんなに容易《たやす》く殺せるわけはない。

これなら殺せると思い、必死の修練を重ねてきたにもかかわらず、こんなにもあっさりと死ぬわけがないと心が逸《はや》る。

「さあ、どうする、どうする！」

フウケイの表情は勝利を確信した混じり気のない笑みではなく、長年研鑽してきたこの技が破られることへの不安がにじんでいた。

「この形に入ってしまえば、お前に活路はない！」

フウケイは想像の中のスイボクと戦いながら、その『形』を維持していた。

一切逃げ場のない死地、如何にしても脱せるわけはない。そのはずなのだ。

「フウケイ……」

スイボクが潜む土中は暗闇であった。

暗闇の中で兄を想うスイボクは、耳に届く轟音が不快に思えないほど浸っていた。

「すまない……本当に、すまない……」

外にいるフウケイが土中のスイボクを感知しているように、スイボクもまたフウケイを感じていた。

フウケイのあまりにも不安定な精神を、つぶさに感じてしまっていた。

「君を、そんなに変わり果てさせてしまったのは、僕の……僕の罪だ」

フウケイは完全に病んでおり、自分自身を見失っている。

いいや、己の在り方から目を背けている。

「ああ……ああ……」

見えているのに見えていない振りをして、聞こえているのに聞こえていない振りをして、気付いているのに気付いていない振りをしていた。

そして、そうさせてしまったのがスイボクである。スイボクが関わらなければ、フウケイは病むことはなかったはずなのだ。

武を究め仙人として一人前になったにもかかわらず、どうすれば彼の病を治せるのか、スイボクはまるでわからなかった。

「なんて未熟なんだ、僕は……」

滲む涙を土に吸わせながら、スイボクは仙術を使用する。

「地動法、石牢《せきろう》」

それ自体は、たわいもない術だった。土を固めて石に変える、そんな些細な術だった。

「ははは！　今更石牢の術か！　遅い、遅いぞ！　その術でこの猛風から身を守れるほどの大きさの岩を、今から作れるものか！　絶対に間に合わん！」

スイボクがつぶやいた言葉は、大量の土と猛風に遮られてフウケイへ届かない。しかし削られていく土の中でスイボクが術を使い、それによっていくつもの石が出来上がっていくことはフウケイも感じていた。

なるほど、土よりは石のほうが削ることに時間がかかる。しかし、それは延命にしかならない。仙術は無から有を生み出す術ではない。既にある土を石に変えることはできても、いきなり鉄などを生み出すことはできないし、内部で土塊を増やすこともできない。

土を縮めて石に変えて身を守っても、それは数秒数分延命するだけだった。

「認めろ、お前はそのまま太陽を見ることもなく息絶えるのだ！」

「君に殺されてもいいとは思っている」

会話をしているわけではない。しかし、土の中のスイボクはフウケイを感じていた。

彼が何を考えているのか、察していた。

「だが、君を騙すつもりはない」

スイボクは、律義だった。

戦うと決めたからには、殺されてやろうとは思っていなかった。もしもそうならば、先ほどの攻防で『斬られてやっていた』はずである。

それがフウケイにとってどれだけ不本意な結果になったとしても、戦うからには最善を尽くすつもりだった。

そして、今のスイボクにとってこの状況は欠片《かけら》も窮地ではない。

この状況は、形である。形には必然があり、意図がある。如何にこの術が神宝や常識外の仙気によって行われているとしても、自然の力を用いていることに変わりはない。

なるほど、フウケイはスイボクを殺すために三千年を費やしてきた。仙人として、如何に仙人を殺すかを考えてきた。

その執念には頭が下がるし、自分とは違うと思っている。

その一方で、スイボクもまた仙術に対する理解は深い。仙人を如何に攻略するかを考えたことはないが、仙術で如何に人を殺すかは考え続けていた。

その中には、当然こうした術を使うことも入っている。よって、その壊し方もわかる。

「友よ、君には足りないものがある。それは……」

スイボクは、土塊の中でいくつもの石を作っていた。

しかしそれは自分の周囲に生み出すのではなく、自分から離れた場所に、土塊の外側に生み出していたのである。

身を守るためではなく、攻撃のための準備だった。

「沢山ありすぎて、一言では言い切れない」

土の中で、発勁《はっけい》を放つ。

当然だが、土の中でも発勁の振動は伝わる。その伝達力は、空気中よりも上だった。

押し出す波は、高速で広がっていく。土を伝っていくそれは、当然のように石にも届く。

発勁で押し出された石は、弾丸のように土の中から発射されていた。

「フウケイ、君は天を手にしているのかもしれないが……それを不遜だと僕に教えてくれたのは君だったじゃないか……」

大気を操作することによる掘削。それは風の壁を攻撃的に使用しているということである。

魔法でも仙術でも、風による防御壁は存在する。どちらも原則として、攻撃を受け止めるというものではない。あくまでも相手の攻撃を弱めたり、方向を逸らすものだ。

強風の中、矢が遠くまで飛ばなかったり狙いがそれることはある。しかし、空中で突然止まることはないし、反対側へ向かっていくということもないのだ。

「苦し紛れだ！」

フウケイは猛風の檻を突破した石の弾丸に気付いていた。気付いた上で、無視していた。

フウケイもスイボクも、お互いの位置を観測できる。狙いを定めることは可能だろう。

だが、土塊の周りを削っている風は、発射された石の軌道を変える。定めていた方向に飛ぶことはない。

「そんなもの、当たるわけが……がっ!?」

「苦しんでいるのは君だ、紛らわせようとしているのも……君だ」

魔法で生み出した風ではなく、ヴァジュラや仙術で生み出した風ならば、それは自然の風である。それはスイボクには容易く読める風だった。土の内部からでも、どう動いているのか把握できるほどに。

「長々攻撃してくるから、どの方向へ、どの速さで打ち出せば君に当たるのか考えるのは容易だった」

人間の頭の半分はあろうかという石が、フウケイの横っ面に激突していた。

それは完全に不意の一撃だった。数度撃って軌道を補正されていれば、命中するかもしれないと危機感を感じたかもしれない。大量に発射すれば、一発は当たるだろうと考えたかもしれない。

しかし一発目から、顔に当たるなどあり得なかった。

「ば、バカな……ぐっ、ぐっ、ぐあああああ！」

ましてや四方八方へ放たれた石の弾丸のすべてが、フウケイの顔や膝、腹部などに全弾命中するとは、理不尽にもほどがあった。

「時間をかけることが、必ずしも良いこととは限らない。そうも君は教えてくれていたよ」

フウケイは不死身である。しかし、攻撃を受ければ怯《ひる》みもする。術を使っていれば、中断することになってしまう。

大地を浮かせる術は継続されていたが、風の檻は収まっていた。それを読んでいたスイボクは、悠々と土塊の底から脱出する。

「安易な考えに逃げ込むなとも教えてくれたし、自然の観察を忘れるなとも言ってくれた」

急いで地面に降りることなく、あえてゆったりとしながら無防備に落下していく。

あまりにも遅くなった、遠くなった言葉を語りかけながら、哀しみの目を向けていた。

「行き詰まって途方に暮れた時、思い出したのは君からの苦言だった。君と別れてから千年以上も経って、僕はようやく君のありがたさを思い知った。そこから僕は君のことを忘れたことはない。今の僕がいるのは、君のおかげなんだ」

もはや、皮肉にしかならない感謝の言葉を述べる。今更すぎるが、感謝を伝えたかったのだ。

「君から教わったことを、僕は弟子に伝えたよ。だからだろう、僕の弟子はとても素直な仙人に育ってくれた……本当に、君には感謝しているんだ……」

「スイボク……スイボク！　スイボク！」

フウケイの遠のいていた意識が、ゆっくりと蘇る。受けた怪我は治り、フウケイは復帰した。

だが、スイボクを必ず殺すための形は破られている。

必勝必殺を謳った技は、磨き上げた絶招は、初見で破られていた。特に苦労もなく、危機感を与えることもなく霧散していた。

「お前は……ああ、そういう男だった！」

「君は、変わらないな。根の部分で、とても真面目だった」

フウケイは激昂していた。憎悪をぶつけているのに、哀愁を返すのみ。殺意を向けているのに、あしらわれ続けている。

神の名を与えた技は、しかし悟りの名を持つ技に破られていた。

「そんなお前を、己は……！」

余裕を持って降りていくスイボクに向けて、当たるはずもない風の刃を放つ。

平静とは程遠い怒りの一撃は、フウケイをして当たると思っていない。

どう回避されるか、その次の行動を見て対処するつもりだった。

風によって上に避けるか、重身功《じゅうしんこう》で下に加速するか、体勢を変えてその場にとどまるか。

それによって追い込んでいこうとするフウケイの視界から、スイボクは一瞬で消えていた。

「馬鹿な……空中で縮地だと⁉　隠形《おんぎょう》の術ではないのか⁉」

〈さすがに土中からでは無理だが……空中でなら縮地は使えるようになったよ〉

「山彦《やまびこ》の術か、姿を見せろ！」

仙人も根の部分では人である。特有の知覚、気配を感じる能力はあるが、基本的に視覚に偏っている。それは戦闘中なら尚の事だった。

フウケイも基本は同様である。視界でとらえていた相手がいきなり消えれば、俗人同様に見失ってしまう。

〈どれほど力をつけても、正しくなければならない。正しさに勝るものはないと、君はいつだって教えてくれたのに〉

「お前が……お前がほざくな！　己が正しくあろうとしても、お前を正そうとしても、一切合切を打ち破ってきた、お前が言うな！」

人間は遠くを見ようとすると視野が狭まる。特定のものを凝視する場合も同様であり、全体を見ることがとても難しい。

誰かと会話をする時も、その会話に集中するあまり他の音が聞こえなくなったり、よほど大きな音を出さなければ注意が向かなくなることがある。

気配の探知も同様で、戦闘中に興奮していればどうしても雑になってしまう。

広い野外で相手を見失い、広範囲を探知しようとすればどうしてもうまくいかない。

「だから己は、私はお前になろうと思ったんだ！」

そんなことは、フウケイもわかっている。スイボクが本気になって隠れれば、見つけることは困難を極める。

だからこそ、接近を警戒する。探知を諦めて、襲撃に備える。それも三千年前、よく受けた屈辱だった。

〈懐かしいね、昔は僕を見失った君に小便をひっかけて馬鹿にしていたが……いや、本当にごめん。なんというか、ずいぶん僕は君との思い出を美化していたようだ……謝ることが多すぎて困るな……〉

昔の思い出を語ろうとして、相手を怒らせることしか思い出せないことを恥じているスイボク。

遠くから語りかける山彦の術によって、その位置はまるでつかめない。

〈君との付き合いも千年あった……千年分、積もりに積もっていたのに、それを一言二言の謝罪や、僕の首一つで許してもらえるわけがないな……〉

「黙れ！」

〈君は僕に勝利したいようだが……全力で戦い、討ち破りたいようだが……僕はそれもできない。本当に、ままならないものだ……〉

「……！」

焦ってはいけない、冷静にならねばならない。

こうやって翻弄されるのは、今に始まったことではない。

三千年以上昔も、よくこうやってからかわれたものだ。

「……」

落ち着こうとするが、落ち着かない。

他の誰かが相手ならともかく、スイボクに翻弄されて冷静になれるわけがない。

スイボク自身が言ったように、フウケイにはスイボクへの恨みが大量にある。

それを修行の原動力としていた彼は、スイボクに翻弄されているこの状況で冷静になることができなかった。

何から何まで憎い弟弟子の愚行蛮行が脳裏をよぎる。

そう、昔も……

「まさか!?」

フウケイがスイボクを探すことに『集中』していなければ、或いは気付けたかもしれない。

ノアに乗り込んでいる面々が、フウケイの頭上に潜むスイボクへ注目していた、その意識の流れを感じ取っていたかもしれない。

「僕は昔、よく君の頭を踏んづけていた」

フウケイが頭上を見上げた時、そこには片手で逆立ちをしているスイボクがいた。

「正直懐かしくなって踏みたくなったが、それはさすがにまずいと思って……」

空を見上げるフウケイの顔の上に、スイボクの手が乗っている。

頭上という死角に潜んでいたスイボクは、フウケイに見つかってもまるで慌てていなかった。

「結果的に、これはこれで失礼な形になってしまった」

「おま……」

「すまない」

スイボクはフウケイの頭を摑んだまま、軽身功《けいしんこう》から重身功に切り替えた。

フウケイは常時重身功を発動させている。それにスイボクの重身功が頭部に加われば、どうなるのかなど考えるまでもない。

真上を見ようとのけぞった踏ん張りがきかない体勢で、頭にかけられた重量。首がつながったままとはいえ、フウケイの頭部が地面へ落下することを意味していた。

「処罰として、報復として殺したいというのなら受け入れるが……戦闘の結果として勝利を君に与えることはできない」

スイボクが摑んでいた頭は、ぐしゃりと潰れていた。

足の裏は接地したまま膝が曲がり、後ろへ倒れた姿勢のフウケイは、高速でその損傷を修復していく。

「君は強くなったが、間違っている。間違った強さに、僕は負けないよ」

その修復が終わるよりも早く、崩れた顔から手を放したスイボクは軽やかに浮かんで体勢を整えつつ、ようやく地面に降り立った。

「君は、間違えた。そして勘違いをしている。だから……勝てない」

基本

『カチョウ師匠！　スイボクが他の仙人のところへ行くことを、なぜ咎《とが》めないのですか！』

『ふむ』

『あの小僧は、この地にある仙人から仙術を学びたいだけです！　他の目的など一切ない！』

『うむ』

『その力で、一体どれだけの悪を為すか！　想像できない貴方ではないでしょう！』

『そうであろうな、あの子はお前が懸念している通りのことをするであろう』

『では、なぜ咎めないのですか！　それは、悪です！　許してはいけないことです！』

『……』

『今ならまだ間に合う、今ならこの地で止められる！』

『止められはせぬよ、アレはそういう宿命を背負っておる』

『そんなことはありません、今のスイボクは未熟者です！』

『……お前は未熟じゃな。儂《わし》は……儂はお前のほうが心配じゃや、フウケイ』

『カチョウ師匠!?』

『お前はあの子のことを気にかけすぎじゃし、浮世の摂理にとらわれすぎておる』

『わ、私は、ただあの子のことが心配で……世間に迷惑をかけることも含めて、私は……！』

『未熟な……他人のことを心配する、という時点でお前は未熟なのじゃ。善だとか悪だとか、そんなことを仙人が気にしてどうする。ではお前は狼を殺し虎を絶やし鮫を干上がらせ、あらゆる森や草原を田畑に変え、人々の利益のために振る舞うのか？』

『そ、それは極論です！　我ら仙人は、あくまでも自然との調和を……』

『では自然とはなんだ。自然以外とはなんだ、調和とはなんだ』

『……申し訳ありません、私にはまだわからないのです』

『違う、違うのだ。我が弟子フウケイよ、今のお前には、ではない。このままでは、お前には永遠にわからない』

『それは、どういう……』

『他人のことばかり気にして、他人の至らぬところばかりを目にして、他人を矯正しようとしているお前こそが、スイボクなどよりもよほど答えから遠い。お前は答えを得ようともしていないのだ』

『スイボクはいずれ答えを得て、私はそれにたどり着けないというのですか!?　なぜ、どうすればいいのです！』

『スイボクを忘れよ、スイボクが為すであろうあらゆる「破壊」「殺戮《さつりく》」「浅慮」「邪悪」「宿業」「大罪」を諦めよ、スイボクのことなど気にせずに自分の修行に打ち込め』

『私は……忘れられません！　諦めることも、許すこともできません！』

『お前は、世間の利益を大義にしておる。そういう意味で、お前はさっぱり俗世を捨てておらん。そのどちらもが、仙道から程遠い』

『そんな……そんなことは、ないはずです！』

『お前は素直になれ。腹の底から大きな声で叫び、悔しがれ。お前はそれができぬ、自分が本当に思っていることを認められぬから、忘れることも諦めることも許すこともできぬのだ』

『……』

『嵐になる雲もある、ならぬ雲もある。ちぎれて消える雲も、まあある』

『それは、私のことですか』

『然りである。お前は自分を見つめよ、自分を、自分自身を見つめよ。醜く浅ましくどうしようもない自分の非を認めるのじゃ。それが、お前にとって必要なことじゃ。そうでなくば、お前の終わりは……とても、悲惨なことになる。長い生が苦しみに満ちたものであったと後悔しながら死んでいくのじゃ。他ならぬお前自身が、自分の人生を否定して終わってしまう。儂は……そんなお前をこそ憐れんでおる。我が弟子、フウケイ。儂はお前が心配じゃ』

×　×　×

フウケイは天を握り、地を握っていた。肉体的な強さに関しても、どうしようもなくスイボクを超えていた。

その強さを、すべて個人に向けている。にもかかわらず、フウケイはスイボクに攻撃を当てることができなかった。

であれば、まずは当てることを目指す。フウケイが次に使う術は、回避の難しい術だった。

「天動法、弾雨《だんう》！」

上空まで浮かせた砂利。それを雨に交ぜて、弾丸として降り注がせる。

一発一発はただの砂粒でも、文字通り雨あられと降り注がせれば回避はできない。さらに雨が降る中では、さしものスイボクも縮地《しゅくち》は使えない。

「ぬ」

術の発動と、地面へ砂交じりの雨が達するまでのわずかな間に、スイボクは縮地を使っていた。

「馬鹿め、焦ったな！」

スイボクが移動した先は、フウケイの懐だった。

槍の間合いの内側であるが、フウケイは元々こうなると分かって弾雨を使った。

よってためらわずヴァジュラから利き手を放し、掌底《しょうてい》を当てようとする。

「発勁《はっけい》……ぐぁ！」

しかしその攻撃が届く前に、フウケイの体へおびただしい攻撃が降り注いでいた。

「こ、これは、牽牛《けんぎゅう》か！」

「すまん……」

スイボクが使った縮地は、自分が移動する通常の縮地ではなく、相手を引き寄せる縮地法の高等技、牽牛。通常なら彼我の距離を詰めるだけで違いはないのだが、弾雨の射程へフウケイを引き寄せる意味はあった。

つまりは、フウケイを傘にして弾雨を凌ごうとしたのである。

「ぐがあああああ！」

「本当に……いや、どうかと思うんだが……」

上からは既に自分が放ってしまった弾雨が絶え間なく降り注ぎ、下からはスイボクが小刻みに発勁を放って動きを止めている。

硬身功《こうしんこう》を使おうが使うまいが、小石などが交じった雨で人体を貫くわけはない。痛みはあるが、フウケイを貫いて下のスイボクを殺すことはなかった。

フウケイの肉体は、スイボクの体を弾雨から守ってしまっていた。

「ぐ……があああああ！」

「ぬ」

弾雨が終わると同時に、スイボクはフウケイの傍から離れる。それから一拍遅れて、フウケイの薙《な》ぎ払いが空を切った。

「天動法！　大礫《おおつぶて》！」

「フウケイ……諸共《もろとも》を狙うか」

スイボクの回避法に対して、フウケイの対応は単純だった。

自分を傘にするのならば、自分でも耐えられない攻撃をすればいい。自分の肉体を潰すような巨大な雹《ひょう》を、上空の雲で生み出し大量に落下させる。

「ずいぶんと雑だな……」

「負け惜しみか？　不滅の肉体あればこその戦術だ！」

フウケイ自身さえも巻き込む術を前に、スイボクはやはり冷淡だった。

この世で最も強い男に勝つため、悠久の時をかけて研鑽した兄弟子。

「志が低いな、友よ」

その戦いぶりを、スイボクは志が低いと断じた。

「これで僕を殺せれば、それで満足なのかい」

「黙れ！」

有効で合理的な策だった。

自分が不死身なのだから、自分ごと殺そうとして何が悪いのか。

不滅の肉体を得るために鍛錬を積み、独力で不死身に達した。ただ死なないだけではない、スイボクと戦って尚機能する不死身でなければならない。

「己がどれだけの鍛錬を経て、この力を得たと思っている！　それの志が低いわけがあるか！」

「労力と志は関係ない。それは君が僕に教えてくれたことだろう」

弾雨を前にした時、スイボクは縮地でフウケイの懐に入った。正しくはフウケイを傘にする形で呼び寄せたが、今はその場を動かず悠々と語っている。

今この瞬間も、巨大な氷塊となった雹が大量に落下しているというのに。

「数多《あまた》の先人から教えを受けていることを、たくさんの術を学んでいることを、当時の僕は誇っていた。大真面目に努力して強くなっているのだから、恥じることはないと言った。だがそれを君は諌《いさ》めてくれた、間違ったことに費やす労力は賞賛に値しないと」

スイボクは天地を操るそぶりも見せず、ただ立っている。

「黙れ！」

「……君は、変わってしまった。僕が変えてしまった」

空を切って、いよいよ雹が迫る。

「君は、僕の罪そのものだ」

スイボクは木刀を、片手でゆったり振り始めた。

「償えないほどの罪だ。ああ、本当に申し訳ない」

天動法、大礫。巨大な氷塊を大量に落下させるその術は、性質上弾雨よりは密度が低い。瞬身功《しゅんしんこう》で体を加速させれば、落ちてくる氷塊に木刀を当てること自体はできる。だが木刀を当てるだけで、重量のある氷塊の軌道が変わるわけもない。渾身の力を込めて、木刀が折れんばかりに叩かなければならないのだ。

一度や二度ならまだしも、間断なく降り注ぐ氷塊すべてを全力で叩くなど不可能である。

（規模の大きい天動法や地動法なら、雹の軌道を変えることや、重量を軽くして防ぐこともできる。だが己の仙気が満ちたこの空間ならば、規模の大きい術を妨害することはたやすい！）

フウケイの志が高いか低いかは関係なく、スイボクが氷塊を切り払うことは不可能だった。

そう思っていた刹那、フウケイの目の前に氷塊が出現していた。

「なぐふぅあああ！」

フウケイ自身、自分の術で被弾することは覚悟していた。

だが空から降ってくるはずの氷塊が、目の前に出現し真正面から衝突してくれば、さすがに対応するどころではない。

「な、なにが、一体何が……！」

そうしている間にも、四方八方から氷塊が殺到してくる。上から下へ落ちてくる通常の氷塊に加えて、下から上へ突き上げるような氷塊さえあった。

破壊と再生を繰り返すフウケイは、断絶を繰り返す視界の中でスイボクを見た。

落ちてくる雹はスイボクの木刀に触れるや否や、唐突に消えている。その直後にフウケイの体へ氷塊が激突していた。

(バカな、そんなことがあり得るのか……!?)

発動させた術による氷塊が落ち切った後、スイボクの周りには氷塊がほとんどなく、フウケイは氷塊に埋もれかけていた。

「織姫《おりひめ》か」

フウケイにとっては信じられない話だが、未知ではなく既知の術だった。

遠くのものを手元に移動させる縮地法牽牛と対を成す、触れたものを遠くへ移動させる縮地の高等技、織姫。

「落ちてくる氷塊を織姫で移動させ、己に当てたというのか……」

「そうだが、もう少し高度なことだな」

息切れもしていないスイボクは、血まみれのフウケイに術理を明かす。

「君も知っての通り、縮地というのは仙気の消耗こそ少ないものの、使うには難しい術だ」

縮地法は他の仙術と異なり事前に準備を必要としないが、逆に言えば事前に準備をすることがほぼできない。

その意味では、戦闘中に使うことはとても難しい術である。

「走りながら縮地を使ったり、あるいは動いているものを牽牛で引き寄せたことはあるかい?」

「……」

「まあ、ないだろう。君が知っているように、それは原理からいってとても難しい。僕もそれができるようになるまでは苦労した」

連続で縮地をすることは難しいが、縮地の上位に位置する応用技を連発することは更に難しい。いざ目の前にしても、熟知しているフウケイだからこそ信じられなかった。

「動きながら縮地を使う、あるいは動いているものを牽牛で引き寄せると、止まってしまうんだよ。だから雹を縮地で移動させたとしても、君の目の前で落下するだけだ」

「織姫だけではないということか」

「その通り。それだけでは、君に氷塊を衝突させることはできない」

聞けば聞くほどに、スイボクがやっていることのでたらめさだけが伝わってくる。

「動いているものを、動いたまま移動させる縮地法、不止《ふし》。絶招《ぜっしょう》というほどではないけれども、僕が編み出した縮地だ。これに加えて、移動させたものの上下左右を操作できる縮地法、乱地《らんち》も使っている」

聞いているだけでも頭が混乱しそうな膨大な情報処理を、スイボクは落ちてくる氷塊を相手に連続して行い、一度も失敗しなかったということになる。

「僕が編み出した独自の縮地二つに加えて、速く動けるようになる瞬身功と、木刀で触ったものを手で触れたことと同じように扱える気功剣法《きこうけんぽう》十文字、そして織姫を併用した結果が今の状況だ」

困難な技を神業と呼ぶこともあるが、真に神と呼ばれるものはそれを平然と行う。

神にとって神業とは成功を前提としたものであり、失敗することなど考えはしない。

「ちなみに、僕が縮地で移動させた雹は、全部で五十三個だ。数えていないだろうが、君に当てた雹は五十二個。その意味が分かるかな？」

「ま、まさか……」

直後、時間差を置いて氷塊が縮地で出現する。フウケイの鳩尾《みぞおち》へ正確に着弾したそれは、フウケイの体を数瞬硬直させていた。

「縮地」

その目前に、スイボクが現れる。

「内功法、硬身功」

前のめりになっているフウケイの顔へ、硬度が増しているスイボクの指が迫った。

「がっ……」

二個の眼球に、二本の指が突き刺さる。

「発勁」

突き刺さった指から、仙気の波が放たれる。それは頭をつかんで揺さぶるよりも確実に、脳の内部を揺らしていた。

「おっ……！」

意味のある声が出せるわけはない、ただ反射的にスイボクの口から声が出た。

「発勁」

今度は耳の穴に、木刀を握ったまま人差し指だけ立てている右手が襲いかかる。

深々と人差し指が耳の穴に入り、頭の内部をさらに傷つける。

「発勁」

「ぐぁ……」

再び、内部への発勁。もちろん即座に復活するのだろうが、体は完全に力を失っていた。

「重身功《じゅうしんこう》」

スイボクはフウケイの頭を両手で固定し、地面に埋まっている氷塊に叩きつけた。もちろん、顔面からである。

「発勁」

さらに、頭を地面に押し付ける形で、発勁を追加する。

「地動法、石牢《せきろう》」

左手でフウケイの頭を固定したまま、木刀を持っている右手を前にかざす。

スイボクとフウケイのすぐ近くにあった土が浮かび上がり、空中で凝縮されて岩に変化していた。

(まずい……体を重くしたままでは、この状態から脱出できん……!)

それを見ることができていない、顔を地面に埋もれさせているフウケイ。

彼は常時使用している重身功を解き、体を軽くして立ち上がろうとした。

「軽身功《けいしんこう》」

「瞬身功」

フウケイの軽くなった頭を、スイボクは浮かせておいた岩へ衝突させる。

今度の攻撃は顔や頭を潰すだけではなく、首さえも縦に潰す一撃だった。

それでもなおフウケイは再生していく。それが完了するより先に、スイボクは再び飛びのいて仕切り直していた。

(解せん……いくらなんでもあり得ん!)

幾度となく致命傷を負ったフウケイだが、その命が尽きることはなかった。しかしその一方で、スイボクの影さえも踏めていない。

かすり傷を負わせるどころか、冷や汗をかかせることもできていない。それが単なる実力差だとは思えなかった。何か理由があり、何か根拠があるのだと察していた。

(スイボクは鬼才異才の怪物ではあるが、身に宿すのは仙気だけのはず。であればこの状況を作っているのも、仙術のはずだが……)

仙術に未来を読む力や、運命を変える力はない。気配を読む力はあるが、精々殺気や怖気《おぞけ》を察する程度。相手の一瞬先を読むことができても、ここまで二手三手先を読み切られるなどあり得なかった。

（……これがスイボクの絶招だとして、その術理はなんだ？　何がどうなれば、こんな状態になる。先を読んでいるだけでは、大礫や〝盤古《ばんこ》〟天地混沌からも逃れることはできなかったはずだ）

仮にスイボクがフウケイの先を読んでいるとしても、先ほどの天動法から逃れることはできなかったはずである。

別の何かがあるのだと、想像を深めるのは当然だった。

（いや、そもそも……なぜスイボクは縮地を連続で使えるのだ。この状況と関係があるのか？）

優勢では巡らせなかった思考、劣勢だからこそ推理を深めなければならない。

多くの違和感、実現しているあり得ざることから、スイボクのことを理解しようとする。

（……探ってみるか）

フウケイは遠い間合いで、ヴァジュラを振りかぶった。

それは最初の攻防、スイボクに斬りかかった時とまったく同じである。それは意図したものであり、当然思惑がある。

（先ほどは袈裟斬りから下段の薙ぎ払いをした。だが今度は、袈裟斬りから発勁を放つ。全身から放つ発勁なら、当てることはできるはずだ。当てられなかったとしても、スイボクの手の内を探ることができるだろう）

木刀を中段に構えているスイボクを、憎悪ではなく疑念で睨む。

(この日のために大技を他にも用意しているが、このままではこちらの手札が尽きる。我が身は不滅なのだから、まずは暴くところから始めねば)

冷静に慎重に、勝負を決めにいくのではなく、勝利への道を探っていく。

スイボクの理不尽さを前に開き直れたフウケイは、戦いを仕切り直そうとした。

「ふん!」

勢いよく前方に飛び出し、ヴァジュラで斬り払おうとする。

「縮地」

その刹那、スイボクが前方へ縮地で移動する。

木刀を中段に構えたままのスイボクは、既にフウケイの間合いの内側に立っていた。

「しまっ……!」

フウケイの脳裏によぎるのは、二度目の攻防。

細やかな縮地を繰り返した後に行われた、鳩尾への強打だった。

「発勁法、震脚《しんきゃく》」

「がぁ!」

それがまさに再現された。今度は鳩尾ではなく脇腹だったが、それでも結果は大差がない。

手の内を暴くつもりが、既に使われた技で迎え撃たれた。

「安易だな、兄さん」

悶絶まではしないものの、苦しみで動きが止まっているフウケイをスイボクは見ていた。

「僕の手の内を探る気なら、既知の技だけでも検証して、それでは対処できない行動をしないと意味がないじゃないか」

行動の意図を読まれた上で、その思惑を完全に潰された。

（やはり読まれているのか？　だがどうやって？　それは仙術の限界を超えている！）

ついに、フウケイはそれを口に出してしまった。

「貴様の絶招は……いったいなんなのだ！」

探ることを諦めて、フウケイは思わず聞いてしまった。

しかし二人の戦いを見ている船上の面々は、また別のことで困惑している。

「……ねえ、絶招ってなに？」

なかなか聞きにくいことを、ハピネが周囲へ尋ねていた。

雰囲気はわかるのだが、意味がぼやけている。

「道を究めた長命者による、修行の決算ともいうべき技だな。独自に編み出した究極奥義だと思えばいいぞ」

エリクサーが自信満々で解説する。確かに会話の流れからすれば、その通りなのだろう。

だがそれを経由して、フウケイとは別の疑問に達する。

「じゃあスイボク様の絶招はなんなのよ？　さっきから見てるけど、サンスイと同じことをしているだけじゃない。いえ、高度な術を駆使しているのはわかるけど、目立った術は使っていないでしょう？」

絶招が道を究めた仙人独自の奥義なら、弟子である山水にも使えない技であるはず。

フウケイの絶招はわかりやすいが、スイボクの絶招は使っているのかどうかも怪しかった。

「じゃあスイボクが山水にそれを教えたってだけじゃないのか？」

山水のこともスイボクのこともよく知らない右京が、よく知らないが故の仮説を口にする。

山水はスイボクの弟子なのだから、独自の奥義とやらを習っていても不思議ではない。

「そんなはずないわ。だってサンスイは、スイボク殿から四つしか術を習っていないはずだもの」

山水のことはよく知っているドゥーウェが、右京の仮説を否定する。

発勁、軽身功、気功剣、縮地。その四つの術だけしか、山水は習得していないはずだった。

「僕の絶招か」

双方の疑問に答えるように、スイボクが語り始める。その声は遠くまで明瞭に届いていた。

「端的に言えば、心の奥義だ」

一同、何を言っているのかわからなかった。フウケイを含めた全員が、スイボクの発言を理解できなかった。

優しさだとか勇気だとか、そんな精神論をスイボクがし始めるとは思えなかったし、そもそもそんなことでフウケイを相手にできるわけもなかった。

「戯言《たわごと》を吐くな！」

「いや、本当にそうだ。だがそうだな……言い方が悪かったなら言い直そう。僕の絶招は、脳の奥義だ」

スイボクはそう言って、自分の頭を指さした。

「自分の体を動かすことや、周囲を観察すること、相手の手の内を想像すること、戦いの組み立て。人間はそれらをすべて脳でやっていて、それは仙人も変わらない」

とても当たり前のことだった。体が勝手に動くという言葉はあるが、実際には頭がやっていることである。

「だからこそ、それらを同時にこなすことは難しい。だが戦いでは、それらがすべて求められる。体を動かしながら相手を観察し、さらに手の内へ思いを巡らせ、如何にして勝ち切るのかを考えなければならない。その上で周囲への警戒を怠れば、背中から斬られることになる」

やはり当たり前のことだった。

ドゥーウェやハピネ、パレットでさえわかることだ。体を動かすといえば、ダンスもそれにあたる。踊ること、決まった動きをすることに集中していれば、相手の動きに合わせることを忘れ、曲を聴くことを忘れ、さらに周囲の人とぶつかることになってしまう。

それを避けるためには、ただ練習を重ねるしかない。

「仙人ならば周囲の気配を感じることもできるが、それも未熟ならば座して他の感覚を閉じ、気配を感じることのみをしなければならない。修練を重ねれば戦闘中であっても気配を感じられるようにはなるが、それでも他のことができない隙間が生じる」

これは仙人ならざる者にはわからないことだが、想像することはできる。

暗闇で聞き耳を立てるようなものだろう、やはりおかしなことではない。

「ではどうすればいいのか。己の体を完全に動かし、周囲の気配を感じ、目の前の相手を観て、手の内を思い、勝つための筋道を考える。それらを同時にこなすにはどうすればいいのか」

この世で一番強い男が最後に出した、武の極み、人生の答え、悟りの形。

「できるようになるまでやればいい」

それもまた、ある意味では当たり前の話だった。

「周囲の気配を感じたまま体を動かすことが難しく、どちらも雑になってしまうのならば、周囲の気配を感じたまま体を動かし続ければいい」

聞き耳を立てながら、体を動かすことは難しい。

聴覚に神経を集中していれば、剣を振ることがどうしても雑になってしまう。かといって体を動かすことに集中していれば、音に対して鈍感になってしまう。

だがしかし、周囲の気配を感じながら体を動かすことを日常としていれば、それを悠久の時を生きる仙人が実践したのならば、双方を最高精度で両立させることは不可能ではない。

「それができるようになれば、今度は思いを巡らせることや、勝つための筋道を巡らせることも加える。できないのなら、できるようになるまで。不十分で不確かなら、十分で確かになるまで繰り返す」

「じゃあまさか……」

山水の修行を知る者は、スイボクの言葉を聞いて確信する。

声を出したのは祭我だけだったが、他の者も同じことを考えていた。

山水は森の中で五百年間素振りをしていたが、素振りそのものは重要ではなかった。体を動かしながら周囲の気配を感じること、それ自体が一番重要なことだったのだ。

「君の不死身は、即時であり常時。僕もまた同様に、この精神状態を維持している。この絶招は、名前さえ不要であり過分。できて当然、維持して当然。剣士かくあるべき、仙人かくあるべき、正しい心の形」

技を使っているという意識さえ未熟。ゆえにスイボクは、生涯の答えである己の究極奥義を技だと教えることもなかった。

「水墨流《すいぼくりゅう》仙術総兵法絶招《そうひょうほうぜっしょう》、十牛図第十図入鄽垂手《じゅうぎゅうずだいじゅうずにってんすいしゅ》、自力本願剣仙一如《じりきほんがんけんせんいちにょ》、不惑の境地」

世界最強であり続けた男、誰にも負けず勝ち続けた男、この世のあらゆるものと隔絶した存在であり続けた男。

その人生の終着点は、自分が他の誰かと同じだと認めることにあった。

「つまり、僕が弟子に託し終えた技だ」

十牛図第十図《じゅうぎゅうずだいじゅうず》、入鄽垂手《にってんすいしゅ》。

その意味するところは、己の得た悟りを人へ伝えることにある。

山水という弟子が、名も知らぬままにそれを習得しているからこそ、スイボクの修行は完成していたのだ。

ある意味では、山水という弟子こそが、彼の絶招《ぜっしょう》だった。

決断

「常に視野を広く保ち、相手を正しく観察するように努め、思考を留めることなく、己の修行を信じる。口にするは易く、行うは難し。しかしその心を、僕の弟子は既に会得している」

まさに最強という他ない境地を見せつけ、その術理を余すところなく明かす。

本来であれば誇らしく語るはずなのだが、後悔に満ちた声だけがスイボクの口から出ている。

「それだけじゃない。僕の弟子は、その心を正しく伝えている」

スイボクの手が、ノアのほうへ向けられた。

スイボク自身にも、山水にすらも及ばない弱者を、尊い存在のように語っていた。

「僕の人生は、もう十分だ。君が僕を殺したいのなら、好きにしてくれ」

祭我だけではなく、トオンやランでさえも。あるいは他の、山水から指導を受けている者たちも。

誰もが、温かな感激に目が潤んだ。

スイボクがフウケイに首を差し出したのは、ただ謝罪の念からくるものではない。

山水という息子が自分たちという孫を育てていることを知って、満ち足りているからなのだと分かったのだ。

武の権化、究極の剣士、最強の仙人、四千年の求道者が、至らぬはずの自分たちを誇ってくれているのだ。涙があふれて止まらない。

「僕はまだ、弟子に教えたいことがたくさんある。弟子の弟子に、してあげたいことがたくさんある。その未練を、君への償いにしよう。さあ……」

祭我たちが理解したように、フウケイもまた理解する。

スイボクは幸福の中にいて、だからこそ死を選べるのだ。

自分の人生に満足しているからこそ、過去の過ちを償いたいと思っているのだ。

幸せで満ち足りているからこそ、そうではないフウケイを憐れんでいるのだ。

「ふざけるなあああああああ！」

スイボクは、やはり仙人として成熟している。立派な仙人として、指導者としての役割も果たしている。

それを理解したからこそ、フウケイは激怒した。

「今更、今更なんだというのだ！」

再会してから、今の今まで戦った。今日という日のために武を磨き上げ、それが通用していない。

フウケイはまったく満足していないし、幸福にも程遠い。

「それは、それは！　お前が散々否定したことだろうが！　それは、それは！」

そんな当たり前のことは、とっくの昔に言いつくしたことだからだ。

「己が……私がお前に散々言ったことだろうが！」

フウケイはスイボクの兄弟子である。ゆえに多くの指導を、スイボクにしていた。

仙人とは如何にあるべきか、弟子に対して何を教えるべきか、俗人に対してどう振る舞うべきか。

仙人の教えを一切守らなかった、破戒の限りを尽くしてきた、仙人らしからぬ仙人だったスイボクに、それでも口酸っぱく教え込んできた。

千年もの間、フウケイはスイボクへ正しい生き方を諭したのだ。それでもスイボクは、フウケイの言葉に耳を傾けることはなかった。

「なんでだ！　なんで今更、お前は、私に敬意を払うんだ！　故郷を壊して三千年も経ってから敬意を払われても意味がないだろうが！　なんでそんな当たり前のことが、四千年も生きないとできないんだ！」

正しいはずの己が、スイボクに勝つことはなかった。一度たりとも、上回ったことがない。何をやっても、間違っているスイボクのほうが上だった。

「じゃあ私の千年は何だったんだ！　お前に正しい道を叫び続けた千年は何だったんだ！　私の三千年は何だったんだ！　お前を超えるためにお前を真似し続け、不死身を目指した三千年は何だったんだ！」

四千年前から三千年前にかけての千年間、フウケイがスイボクに語ったことはすべて正しかった。スイボクがそれを認めたのはたったの五百年前の話である。

「遅い！　なんでお前は、こんな当たり前のことに気付くのに、こんなに時間が必要だったんだ！」

今のスイボクがどれだけ強くとも、正しくて素晴らしくて、模範的だったとしても。過去に行ったことは、決して取り返しがつかない。

フウケイの慟哭《どうこく》を聞いて、ランは胸を痛める。やはりフウケイは、化け物でも怪物でもない。理解の及ぶ、共感できる人間だった。

だからこそ、確信できる。まさに今更、どれだけ言葉を尽くしても意味がなかった。

フウケイに心があるからこそ、今日まで全力で頑張っていたからこそ、健気で真面目で一生懸命だからこそ。

スイボクが差し出した首を斬り落とすことも、スイボクと和解することもできなかった。

「私の努力が足りなかったのか？　私があと千年繰り返していれば違ったのか？　私の、四千年は、なんだったんだ……！」

スイボクという弟を持った、悲劇的な運命。自分の努力が、ありとあらゆる意味で何の意味も持たなかった。その事実に、この現実に、フウケイは打ちのめされる。

それは彼が手に持つヴァジュラへ、膨大な力を与えていた。

「スイボク、私の……己の心は変わらん」

何もかもが明らかになった上で、フウケイを止める材料は一つもなかった。

「お前を殺す、そのための三千年だった。お前を殺すまで止まらんし、お前が命を差し出しても変わることはない」

引き返すにも、立ち止まるにも、フウケイは時間を費やしすぎていた。

「……言いにくいが、無駄だ」

本当に言いにくそうに、言いにくいことを言いきるスイボク。

「兄さんには永遠の時間があるが、永遠に負け続ける」

それはとても残酷な現実であり、世界最強の男であるが故の自負だった。

「兄さんには無限の可能性があるが、僕に勝つ可能性は一つもない」

スイボクは殺意こそないが、真面目に戦っている。真面目に戦う限り、フウケイが勝つことはない。

「兄さんには不滅の肉体があるが、僕へ傷一つつけることもできない」

スイボクは感じることで情報を集め、思うことで未来を予測し、考えることで未来を制限し、行うことで現実に変えることができる。

それは最適な未来を選ぶという程度の低い予知ではない。『最適』を探るなど、無数の失敗の中から僅かな成功を探すという、弱者のあがきでしかない。

スイボクとその弟子である山水は、勝つための手順と到達点を無数に見出すことができる。

「兄さんはこの世に一人しかいないが、何億いようと僕の敵にもならない」

スイボクはそこにいる。だが、誰も届くことはなく、及ぶこともない。

有限の中で有限を組み合わせ、無限無数無量を描く。

「兄さんが無尽蔵なら、僕は無限遠だ。今の兄さんがどれだけ頑張ったところで、諦めなかったところで、意味なんかない。それは兄さんが一番よくわかっているはずだ」

「意味はある！　諦めなければ、必ずお前に届く！　勝ってみせる！」

「本当はそう思っていないだろう、兄さんは僕に勝つ気なんてない」

正しさの無意味、真実の残酷、解答の悪夢。スイボクとフウケイは、互いにそれを確かめ合った。

いっそ世界が偽りで回っていれば、こんな言葉を吐かずに済んだのかもしれない。

「なぜ不死身を目指す？　なんで僕に斬られて潰されることを想定する？　なんで僕に圧勝しようと思わない？　僕が兄さんにしたように、叩きのめしてぶちのめして、泣きわめかせて弄《もてあそ》べばいい。なぜそれを目指さなかったんだ、兄さんは」

フウケイが目指し、たどり着いた無尽蔵の不死身。それは祭我たちには脅威であり、絶対無敵に思われた。

だがスイボクは決して惑わされることがない。正しく観察し、思考を留めることがないからこそ、フウケイの心にたどり着いてしまう。

「兄さんは僕に負けることが怖かったんじゃない、僕を諦めることが怖かった。僕に挑み続けること自体が目的になって、勝つことは諦めてしまったんだ」

本当に強ければ頭を潰されることはなく、頭を潰されることなど想定しない。

スイボクの言葉に、祭我たちも納得してしまう。だがフウケイはそれを聞いても、聞かぬふりをすることしかできなかった。

「兄さんは妥協だらけだ。僕以外に傷を負わされても、まったく気にしていなかった。これで僕に勝てるのかなんて、不安にも思っていなかっただろう。ヴァジュラを奪ったのも妥協だ、それがないと僕に勝てる気がしなかったんだろう。自分の修行をまったく信じていないのは、兄さん自身だ」

精一杯、聞かないふりをする。

三千年の誇りが、積み重ねた鍛錬が、究極に達した絶招《ぜっしょう》が、妥協の産物だと認めるわけにはいかなかった。

「己の至らなさに気付かないことこそが未熟、己の過ちを認めることが成長だと、僕に教えてくれたのは兄さんじゃないか」

それが大義でも正義でも、ましてや責任感からくるものでもない。ただの感情、私怨《しえん》、自尊心だと分かってしまう。

「僕は償えないほどの大罪を犯してきた。だが兄さんは違う、ここで過ちを認めたとしても悪いことはない」

かつてのスイボクが、取るに足らないフウケイのことを軽んじていたように。

今のフウケイもまた、スイボクが口にしたすべてを否定せずにはいられなかった。

同じことを別の誰かが言っていれば違ったかもしれないが、スイボクが言ってしまえば拒否以外の選択肢がない。

スイボクが言うように、フウケイは諦めないことが目的になってしまった。だからこそ、諦めることだけは絶対にできなかった。

「言いたいことはそれだけか」

フウケイは、まだ何も失っていない。

不死身にして無尽蔵、四千五百年間鍛錬を重ねてきた不屈の精神。

「お前の言う通り、己には不滅の肉体と永遠の時間がある。無限遠だろうが何だろうが、及ばぬということはない」

気絶しているわけではなく、拘束されているわけではなく、死ぬわけでもない。

であれば、なぜ諦めることができようか。

「どれだけ言葉を弄《ろう》しようと、決してお前を逃がすことはない。どうしても戦いを止めたいのなら、この己を殺してみせろ」

必然の決別には、誰も驚くことがなかった。

フウケイがここで退《ひ》き下がれるわけがない。もしもそんな賢しさがあるのなら、とっくの昔にスイボクを諦めている。

「この己は、誰も止めることなどできぬ！」

スイボクの現在などどうでもいい。スイボクの過去が真実である以上、フウケイはスイボクを許すわけにはいかないのだ。

「そうか、仕方がない」

最強に至り、しかし無意味であると悟り、森にこもっていた男。

スイボクは己が理想に、自分が至れないことを再確認する。

もはや、何もかも無粋だった。決着をつけるしかない、どちらかの死をもってしか終わることはない。

手に持っていた木刀を、ため息をつきながら帯に差す。

「殺すか」

スイボクはフウケイを殺すことにした。

絶技

何もかもを諦めて、仕方がないと割り切った声が全員の耳に届いた。

開いた口がふさがらなかった。何を言っているのかわからなかった。

今までの展開からいって、別におかしな発言ではない。説得に応じない相手を殺すことにしたというだけなのだが、諦念に満ちた声には困難や覚悟も伴っていなかった。

フウケイが散々誇っていた不死身の肉体を処理することに、なんの不可能も感じていなかった。

「ば、バカなことを……」

死の恐怖が、フウケイの背筋を走っていた。

千年の間、戯れのように叩きのめされたフウケイは、スイボクから初めて殺意を感じていた。

「この己を殺すには、それこそこの星を砕くしかないのだぞ」

「ああ、そうだな。正直に言って、魔法の炎でも焼き殺されなかった時は驚いた。魔力の炎は仙術を乱すが、それさえ君は克服している。首が落ちても消し炭になっても、一瞬で復元することは正に絶招《ぜっしょう》に相応しい。その点では、僕なぞよりも優れているだろう」

殺すと決めたスイボクは、とても淡々としていた。

フウケイのことを評価しているが、脅威だとは思っていなかった。

「呪術で石に変えるか、パンドラで死なせるか、この星ごと砕くしかないだろう」

呪術を扱えず、パンドラも持たない最強の男。彼はいかにして不死身を殺すのか。

「君と戦いながらこの星を砕くとなると、数百年はかかるだろう。さすがにそれほどの時間、君を叩きのめし続けるのは心苦しい」

この星を砕くこと自体には何の躊躇もしていない仙人は、まったく別の手段を示す。

「縮地法《しゅくちほう》、牽牛《けんぎゅう》」

祭我たちとの戦いによって、斬り飛ばされていたフウケイの部位。不死身ゆえに打ち捨てられていた、あり得ないほど大量の肉体。

それを引き寄せて小山を作ったスイボクは、その掌を優しく当てる。

「色はにほへど、散りぬるを」

「我が世たれぞ、常ならむ」

「有為の奥山、今日越えて」

「浅き夢見じ、酔ひもせず」

効果のない唄を詠みながら、スイボクは術を発動させた。

その短い唄が中ごろに来た時、すべての部位が同時にかすみ始める。

そして唄い終える頃には、その存在感そのものが消えていた。

「水墨流《すいぼくりゅう》仙術発勁法絶招《はっけいほうぜっしょう》、十牛図第六図〝騎牛帰家《きぎゅうきか》〟生滅滅已寂滅爲樂《しょうめつめついじゃくめついらく》」

それは、一種の予告だった。これからこの術を叩き込み、フウケイを殺すという予告だった。

「解脱掌《げだっしょう》」

フウケイの心が、己の不死身が破られたことを理解した。

フウケイの体が、苦痛よりも恐ろしい消滅に怯《おび》えた。

「そ、それは……！」

これは、フウケイの知っている現象である。不惑の境地などよりも、よほど身近な仙人の術理だった。

「そう、これは修行を終えた仙人の至る境地。一切の未練を断ち切った仙人が、最後に自然へと帰る。それを相手に引き起こさせる術だ」

フウケイがどれだけ不滅を誇ろうと、それは仙術でしかない。であれば同じ仙術で破ることが可能であり、スイボクは既にそのための術を持っていた。

「相手をしばらく動けなくさせる必要があるので、なかなか使いどころの難しい術だ。だから弟子には教えなかったし、伝える気もなかったが……君を殺すにはふさわしい術だろう」

ようやく、全員がスイボクの心を理解した。

スイボクは本気で自分の命を差し出すつもりだったのだ、殺そうと思えばいつでも殺せたのだから。

そして、もう殺すことにした。

これは最強の絶対者による、決定事項である。

「これから君を動けなくなるまで破壊するが、できるだけ痛くないように配慮する。恩人である君に仇《あだ》で返し続けた僕の、せめてもの心遣いだと思ってくれ」

ここでフウケイが頭を下げられれば、どれだけ幸せな結末が訪れるだろう。

背中を向けて逃げ出すことができれば、どれだけ心の重みが外れるだろう。

情けなかろうが、みっともなかろうが、勝つことや生きることに執着できるのならば、どれだけ楽なのだろう。

だがこの期《ご》に及んでも、フウケイは諦めることができなかった。自分の培ったすべてが、まったく何の意味もなかったのだと認めることができなかった。

「う、う、う……」

これから自分が死ぬという確信がある。それでも引き下がれないのは、確信よりも願望が強いから。

一生懸命頑張ってきた自分なら、今ここからでも全力をぶつければ、もしかしたら勝てるかもしれない。

もはや妄想の域に達した願望に、フウケイはすがるほかなかった。フウケイは、やはりどこまでも人間だった。

「おおおおお！」

人間だからこそ、フウケイはここにいる。

「風景流仙術内功法絶招〝蚩尤《しゆう》〟……天下無双！」

豪身功《ごうしんこう》、瞬身功《しゅんしんこう》、重身功《じゅうしんこう》、それらを合わせた最強の一撃が放たれた。自分はやれるはずだ、そう信じたいがゆえに絶招へしがみつき、縋《すが》りつく。ヴァジュラで薙《な》ぎ払い、その胴体を別《わか》とうとする。

当たるわけがないと頭で理解しつつ、当たりさえすればと心で祈りながら、振りぬいた。手応えなく振りぬいた、そう思っていた。

仮に命中しても、無防備なスイボクを斬るにあたって手応えなどあるわけもなかったし、回避されたのであれば結局手ごたえはないはずだった。

その光景に、フウケイだけではなく誰もが目を奪われていた。

当たっているのに、手応えがない。それを誰よりも理解しているのが、ヴァジュラだった。

自分の刃が強化された上でスイボクに触れているのに、届いていない。

「なんだ、これは……！」

「水墨流仙術軽身功法絶招、十牛図第九図〝返本還源《へんぽんかんげん》〟色即是空空即是色《しきそくぜくうくうそくぜしき》」

今のスイボクに、もはやフウケイの攻撃は届かない。フウケイが不死身であり、いくら傷を受けても復活する不死身なら、スイボクはあらゆる攻撃を無効化する無敵に至っていた。

「問答三昧《もんどうざんまい》」

仙術は重力を操る術であり、重力を生み出したり消したりするわけではない。

重身功の場合は、集気の範囲内にある物の重さを自分自身や触っているものに集中させる。

軽身功《けいしんこう》は逆に、自分や触れている物の重さを周囲に押し付けている。

そして今のスイボクが行っている術は、重さの拡散ではなく運動量の拡散である。

自分の体に当たった物理攻撃、仙術攻撃を集気の範囲内で拡散させることにより実質的に無効化する。

「こ、これは……ここまでの精度で……!」

これもまた、既知の現象である。フウケイはこれと似た術を知っているが、しかし軽減はできても無効化はできないはずだった。

今のフウケイが撃ち込んだ攻撃は、速度や腕力こそ極端に上がっていないものの、その重量は尋常の域を超えている。

周辺一帯の重量を、接触の一瞬だけ一点に集中させる技だった。

攻撃をする側が攻撃を当てる瞬間だけ重みを加える、それさえ困難を極める。にもかかわらず、スイボクはそれとまったく逆のことを受け手の側で行ったのだ。

「兄さん」

当てさえすれば、勝てると思っていた。

それさえもはや、ただの勘違いだった。高く見積もっていた相手を、まだ自分でどうにかできると勘違いしていただけだった。

「この術もまた、弟子に教える気はないんだよ。察していると思うけど、この術を習得して実戦で使えるのなら、普通に避けたほうが早いからね」

無意味に難しい術を、わざわざ使ってみせるほどにスイボクは余裕があった。

「お、おおおお！」

フウケイは、余裕を失った。

虚を交えつつ、ヴァジュラによる連続攻撃を打ち込んでいく。

だがそのすべてが、完璧に見切られている。どこをどう斬っても、刃が食い込むことさえなかった。フウケイの武は、スイボクの髪の毛一本揺らすこともできなかった。

「さて」

無抵抗で受け続けているスイボクは、少しだけ思案した。

「どうやって動きを封じるか」

強制的にこの世界と同一化させる術を当てるための隙、それをどうやって作るのか考え始めた。いくらでも思い付き、どれでも可能だからこそ、悠々と悩んでいた。

それを見て、フウケイは大きく飛びのく。このまま何もできずに死ぬのだと、どんどん現実が追い詰めてくる。

三千年間、大真面目に修行を重ねてきた。不必要なほどの力を手に入れて、もはや敵はないとさえ思われていた。神の宝を持つ、神から力を授かった剣士さえ敵ではなかった。だがしかし、肝心のスイボクには及ばなかった。

追いつくどころか突き放されていた。自分が強くなっても、相手がもっと強くなっているという残酷な現実があった。

（なんで、こいつは……こんなに強いんだよ！）

この、あまりにも、残酷な真実。

自分を鍛えれば強くなれる。だが相手がさらに強ければ、結果は伴わない。

強くなるために支払われた鍛錬は、勝利につながるとは限らない。

まして、相手はスイボク。この世で一番強い、神さえ畏れる慮外の怪物。

最強とは、残酷である。最強であるというただ一つの要素の前には、他のあらゆる物事が意味を持たない。

幸運は期待できず、奇跡など存在せず、苦悩も正当性も憎悪も摩耗し消滅する。挫折も絶望に至り、そこから先に昇華することはない。

「あ、あがあああああ！」

風景流仙術、天動法絶招、九天応元雷声普化天尊《きゅうてんおうげんらいせいふかてんそん》。

混乱の極致に達した彼は、もはや術の名を唱えることもできない。しかしその最中であっても巨大な雲を操作し、効率よく電気を生み出していく。

それはすなわち、雷電の製造。雲が巨大であればあるほどに、その威力は飛躍的に増大する。

まして人為的に雲の形質を変化させ、天槍をもって雷電そのものさえ操れるのであれば。それはもはや、雷の柱を落とすことさえできる。

「おおおあああああああああ！」

絶叫と共に、天が怒号する。雷神の名を持つ一撃が、荒ぶる神へ落とされる。

まさに人知を超えた、自然の鉄槌。それは直撃を受けていないノアさえ揺さぶるほどだった。

『ぎゃあああああああああ！』

ノアが絶叫する。彼女の周囲に展開されている、強力な防御壁がきしんでいた。

人間を搭乗させていることによって、かつてスイボクや正蔵に撃墜された時よりも、格段に防御力が増している。にもかかわらず、雷撃の余波だけで破壊されそうだった。

『だめえええええ！　壊れちゃうぅううう！　助けてダヌア～～！』

あまりにも非現実的な光景に、ノアに乗り込んでいる者たちは膝を折りかけた。

先ほどまでの天動法が児戯《じぎ》に見えるほどに、世界を焼くほどの閃光が目の前を走っている。

「こ、こんなの、無理だろ……！」

天動法の最大術に、正蔵が腰を抜かしていた。

己の中にある魔力を総動員しても、裁きの雷霆《らいてい》に抗《あらが》える気がしなかった。

大地を焼き払うどころか、地殻に達するのではないか。人一人殺すには、あまりにも過剰すぎる火力が注ぎ込まれている。

「こ、これはいくらなんでも……！」

世界のすべてが、スイボクを殺しにかかっているようだった。

天災という表現さえ生ぬるい輝きは、暗雲に閉ざされた大地を白く照らしている。

スイボクが最強だったとして、これを前に何ができるのか。先ほどの防御手段も、これを無効化できるようには思えない。

もちろん打ち破る手立てはあるのだろうが、如何なるものか想像もできなかった。

「おいおい、いくら何でも続きすぎじゃないのか？　殺意がヤバいことになってるだろ」

天から降り注ぐ光の柱。それが絶えることなく持続していることに、右京が恐れおののく。

確かにこれだけの規模の術を持続して命中させなければ、スイボクを倒すことはできないだろう。だがそれでも、その術に込められた殺意が恐ろしかった。

『……バカな』

しかし右京の恐れは、見当違いだった。不本意ながらも術の補佐をしたヴァジュラは、目の前で起こっていることが信じられなかった。

既にフウケイの術は終了しているはずである。フウケイもヴァジュラも、なぜ雷が落ち続けているのかわからなかった。

「そんな、ばかな……」

いや、理由は一つしかない。ソウケイとヴァジュラによる術へ干渉できる者など、広い世界で一人しかない。

「水墨流仙術、気功剣法絶招」

ついに、蓄積されていたすべての雷が消滅した。それでもなお、空には無量の暗雲が広がっているが、それらさえも大地へ落ちていく。

空を見上げれば、雲が渦を巻いていた。まるで大きな滝壺で水が吸われているように、竜巻の逆の現象が発生している。

「十牛図第七図〝忘牛存人《ぼうぎゅうぞんじん》〟」

大地の一点に、暗雲が呑み込まれていく。その中心に立つのは、やはり一人の男だった。

とてもつまらなそうに、退屈そうに、寂しそうに、無限に思えた雷雲を束ねている。

「天上天下唯我独尊」

もはや落ちてくるものが雲一つ残っていない満点の星空の下で、一本の剣に凝縮された『天空のすべて』を握りしめていた。

「天蓋《てんがい》ノ刃《やいば》」

そこに立つのは世界最強の男、スイボク。

天地のすべてを相手にしてなお、ひねりつぶす神域の住人。

「さて」

もう、何が何だかわからなかった。

あまりにも常識を超えた状況に、フウケイもヴァジュラも、ノアに乗り込んでいる者たちも、驚くことさえ忘れていた。

「この術を、どう思う？」

剣の形になっている黒雲は、時折内部で雷を走らせている。

これもやはり弟子には伝えていない、残すに値しない術。自ら生み出した剣を、スイボクは呆れた目で見ている。

己の未熟さの表れ、心の弱さだと憐れんでいる。昔の恥でしかないと、なんの魅力も感じていなかった。

「この術も、結局他の天動法と変わらない。わざわざ事前に雲を用意して持ち運ばなければ、戦いで使うことはできない。間の抜けた話さ、暗雲を使い切ればいそいそと海や湖に赴いて、つど都合しなければならないのだから」

その手に握った天空が、地を切り裂くことができるとしても。

それでも、それだけならばフウケイにとって脅威ではない。

「こんな術を、弟子に教えることはできなかった。これで何を斬る気なのか、何と戦うつもりだったのか。僕はそんなことも考えていなかった」

絶望的なのは、その剣を握っているのが、他でもないスイボクだということ。

「これは、エッケザックスへの未練が生んだ剣だ」

自省し、猛省し、自嘲するスイボク。

それは過去の告白であり、未熟さを恥じているのだが、誰も聞いていなかった。

天地を操るフウケイに対して、祭我たちは速攻を仕掛けて術の妨害を図った。フウケイは不死身ではあるが、それでも一時は天地を操れなかった。

術者が目の前にいる場合に限っては、天地を操る術があったとしても、それを防ぐことはできるのである。

「僕が弱さをごまかすために生み出した術だ」

だが、天を握りしめているのはスイボクである。

この男を相手に、術の妨害などできるわけもない。

「兄さん、これが最後だ」

スイボクは、悲しみに浸っていた。それは今日まで誰にも見せたことがない、世界最強の男の弱さだった。

誰よりも強くなければならないのだと、気を張っていた男の弱さだった。

「本当に、申し訳ない。僕は兄さんを傷つけるばかりで、何一つ恩を返せなかった」

そしてそれは、これから起きる惨劇と何の関係もなかった。人の心とは無関係に、人の力は存在している。

スイボクが恩人を圧倒的な力でひねり殺すことに、何の影響も及ぼすことはない。

「ヴァジュラ、君だけは助ける。本当に……すまなかった」

スイボクの握っている剣が、弾けるように雷を帯び出した。

術の維持が理論上の限界に達しつつあるのだと、誰もが理解する。

スイボク自身でさえ、もはやこの剣が爆発することを抑えられない。

「水墨流仙術縮地法絶招、十牛図第八図〝人牛俱忘《じんぎゅうぐぼう》〟」

そしてスイボクは予告する。これから使う縮地は、常識を超えているのだと。

フウケイは天地を操る術に長け、それに関してはスイボクを超えている面もあった。

しかしスイボクは、縮地に関しては段違いの実力を見せている。であれば彼がこれから行う縮地の絶招は、今まで以上にフウケイの許容量を超えているはずだった。

「悪因悪果悪因苦果《あくいんあっかあくいんくか》。剣《つるぎ》、交《まじ》えるまでも無し」

スイボクは気功剣の絶招と縮地の絶招、その両方を準備していた。その上で、一切問題なくフウケイを観察している。

狙うのはほんのささやかな一瞬、怯えてヴァジュラを握りしめているフウケイが、その握力をわずかに緩ませる瞬間だった。

「あ……ああ……」

その機を、スイボクは決して見逃さない。
・・・・スイボクは縮地を行った・・・・。
フウケイとの間合いを一気に詰めて、握られているヴァジュラをするりと抜き取る。

左手でヴァジュラを掴みながら、右手で天蓋ノ刃を振りぬいた。

「すまない、兄さん」
・・・・スイボクは縮地を終えた・・・・。
降りぬかれた刃が炸裂する。スイボクの右手に掴まれていた雷雲のすべてが、膨大な熱量と雷撃を伴って迸《ほとばし》る。

至近で喰らったフウケイは、一瞬で灰と炭の塊に変化する。当然それだけでは足りずに、白い閃光は大地を焼きながら突き進んだ。

アルカナ王国の東端であるカプトとドミノの国境地帯から、王家直轄領を貫き、さらにその西にあるディスイヤ、その先にある海さえ切り裂き、水平線の彼方へ消えた。

「さようなら、僕もすぐにそこへ行くよ」

これこそ縮地の極みにして合理の極み、勝利を得るために戦いを省略する強者の傲慢。

強い者が勝つ、強い側が勝つ、そこに奇跡も希望も可能性も存在しない。

縮地の最中で相手を斬る、不可避の速攻。まさしく、剣を交えぬ技だった。

決着

大地に限りがないように、大海に底がないように。ただの人間にとって、フウケイは無尽蔵に達していた。

それに対して、スイボクは無限遠であった。

無限遠とは、天に輝く星と同じである。そこにあると分かっていても、届くことがない。

相手が手を伸ばして届かないならば、それがほんのわずかでも、あるいは山の向こうであっても同じこと。

角度、距離、時間。それらをほんのわずか届かせないことこそ、無限遠の境地。

それを為したスイボクには、フウケイといえどもなにもできなかった。

そして、それに至るまでの日々、試行錯誤。己の理想に合わぬと切り捨てた術が、フウケイを終わらせようとする。

炭化したフウケイの肉体が、ゆっくりと、しかし確実に再生しつつあった。

だがしかし、それよりもスイボクの行動のほうが先だった。とどめとなる発勁《はっけい》の絶招《ぜっしょう》が、静かに優しく、フウケイを自然へと導く。

それは苦しみに満ちた日々を送っていたフウケイを、安らかに送る技だった。

スイボクの胸中は決して晴れやかではない、むしろ後悔の雨に濡れていた。

彼の心は、フウケイとの温かな記憶を幻視している。

それはいつだったか、自分が壊した花札が健在だったころに、一番高い山で天動法の修行をしていた時のことだ。

『ここにいたのか、スイボク』

『なんだ、邪魔でもしに来たのか、フウケイ』

『そんなことを、私がするか！』

日は沈み、月もない夜だった。雲を眼下に置く花札で、スイボクは座して天を動かそうとしていたのである。

空に浮かぶ花札の中でも、ひときわ高い山。それ故に天が近く、星がまぶしいほどに輝いていた。

忘れられぬ美しい星空であり、それよりもなお美しい思い出だった。

『……こんな時間まで修行とはな。如何に仙人とはいえ、辛くはないのか？』

『辛くなどない、楽しんでいる』

迷いはなく、惑いはなかった。スイボクにとって、修行自体は楽しかった。

『俺は、誰よりも強くなる。そのために術を覚えることが、苦しいわけがない』

『ふん……まだ術を覚え足りないのか』

『妥協などしない、理想を追い求めるさ。俺は胸を張って、最強だと名乗りたいんだ』

数多《あまた》の術を覚えることが、先人から教えを乞うことが、確かな積み重ねが自分を高めているのだと信じて疑わなかった。

『俺は、もっともっと強くなりたい。あの輝く星のように、俺は手が届かぬ存在になりたいんだ』

童心に描いた夢はかなった。理想にたどり着いたと自信を持って言える。

だがしかし、スイボクは自分の涙を止めることもできない。

『下らん、むやみやたらに術を覚えてなんになる。お前はただ、術を覚えて得意になっているだけだ。カチョウ様の弟子になったあの日から、お前はまったく成長していない』

何もかもが懐かしかった。

今自分が何をやっているのかさえ、忘れそうになってしまう。

『いいか、立派な仙人とはな、俗人を導くことで尊敬を集め、偉ぶるまでもなく崇められるものだ。強さを振りかざして暴れまわるなど、仙人のやることではない』

『ふん、お前はいつもそうだな。俺になにも教えられない分際が、偉そうなことばかり言う』

『なんだと！』

『そんなに言うのなら、お前がまずそうなってみたらどうだ？　孤高を気取らず己に酔わず、俗人に慕われ後進の導《しるべ》となる立派な仙人に』

『なるとも！　なってみせるとも！　だがその前に、お前をどうにかしなければならない！』

『なぜ？』

『それは、私がお前の兄弟子だからだ！』

　これは本当にあった思い出だ。

　憶えているかどうかはともかく、フウケイと共有できる過去だった。

　スイボクが山水を育てる時に、己の戒めとして何度も思い返していたことだ。

『何をやっても俺以下のくせに。いい加減諦めて、自分の修行に専念したらどうだ？』

『ふん』

　だがしかし、それは膨大に重なった過去の一つでしかない。多すぎる醜い過去に比べて、ごくわずかな美しい思い出の一つでしかない。

　今日という日まで美しいものだけを眺めて懐かしんでいたスイボクは、自分の罪を見て憎しみを重ねたフウケイを終わらせようとしているのだ。

『なんでお前、隣に座るんだよ』

『私も今からここで修行をするだけだ』

　思い出したいことしか思い出さなかったスイボクは、涙を流し続ける。

『俺より未熟なお前が？　俺と同じ修行？』

『ふん！　いいか、よく聞けスイボク！』

フウケイは恩人だったのだ。間違いなく、自分を導き続けてくれたのだ。

師匠であるカチョウが父だったならば、彼こそは自分の兄だったのだ。

『私は、お前のことを諦めてなどやらん！』

「色はにほへど、散りぬるを」

「我が世たれぞ、常ならむ」

「有為の奥山、今日越えて」

「浅き夢見じ、酔ひもせず」

『なんでだよ』

『私はお前の兄だからだ！』

スイボクは、フウケイを弔った。

四千年に及ぶ兄弟の物語は、ここに結末を迎えたのである。

「すげえ……」

ノアの甲板でそうつぶやいたのが、誰だったのか確かめる者もいない。

今まで山水は、スイボクには遠く及ばないと何度も言っていた。その意味を、誰もが理解する。こんなの勝てるわけがない。

「うむうむ、さすがはスイボク！　世界最強に恥じぬ戦いぶりだったな！　フウケイも執念を見せたが、出せるものを出して及ばなかったのだ、仕方があるまい！」

エリクサーが笑って結ぼうとしているが、誰も笑えなかった。

スイボクが最後に使った縮地《しゅくち》と、気象を封じ込めた気功剣《きこうけん》。その両方を見てしまえば、張り合う気も失せてしまう。

「どうした、我が主よ！　ヴァジュラを迎えに行ってやらんと！」

「あ、ああ、うん……うん」

エリクサーに促されて、一行は安全となった船の外へ出る。尚、最後の一撃を見たノアは気絶して、地面に落ちていた。そのため誰もが歩いて降りることができていた。

「つくづく、でたらめだな……」

ランは改めて周囲を見る。仙人二人が真っ向から戦った結果、地形は見る影を失っていた。もともと正蔵によって耕されていた大地は、山や谷やらが生まれており、元の地形を完全に失っていた。

文字通りの天変地異だったので、とても当たり前の結果ではある。

そして、それを引き起こした張本人は、フウケイの消えた場所で腰を落としていた。

弱々しい姿を取り繕うこともなく、悲しみに打ち震えていた。

「スイボク！」

「エッケザックスか……」

駆け寄るエッケザックスへ、涙でぬれた顔を見せる。恩を仇《あだ》で返し続けた男は、恥も忘れて泣いていた。

かつて一方的に拒絶した神剣は、今己を許してくれている。だがフウケイは己を許してくれなかった。それは仕方がないことだと分かってしまっている。

エッケザックスが特別だったというだけで、他の誰もが自分を許さない。自分はそれだけのことをしてしまっていたのだ。

「強く、なったな。本当に強くなった……」

友に引導を渡したかつての持ち主へ、エッケザックスはかろうじて声をかけた。

せめて元気づけたかったのだが、口から出た言葉は空虚だった。

「言うな、エッケザックス。俺は、お前に褒められるような男ではない」

世界で一番強い男は、ちっとも幸せそうではなかった。

為したいことが為せることが強さなら、今のスイボクは強くもなんともないのだろう。

「……俺は、浅ましい男だ」

誰もが夢見る強さを手に入れた男は、それを浅ましいと言った。

フウケイは己の過ちを認めようとしていなかったが、スイボクは自らの過ちを認めている。

そしてそのどちらもが、悲しいほどに痛々しい。

数千年間必死に頑張ってきたことを、自ら間違えたと言い切り、それを他の者へ語ることはどれだけ辛いのだろうか。

それが成長であり修行の至るところならば、人はどこまで行っても悲しいのかもしれない。

「浅ましい？　スイボク、お前のどこが浅ましいのだ」

エッケザックスにはスイボクが、浅ましいとは思えなかった。

なぜ最強に至った男が浅ましいのか、まるでわからなかった。妥協を排して理想を追求して、惰性もなく積み重ねた強さの、どこが浅ましいのか。

悲しく否定するエッケザックスへ、スイボクは静かに明かした。

「……誰よりも強くなりたかった。そして、誰よりも強くなった。お前と一緒に世界を回って、どこの誰にも負けなかった。それでも俺は、何かが欠けていると思っていた。お前と別れた後に強さを探り、ついには今の境地に達した。だが……おかげでようやくわかったのだ」

「何がだ？」

「俺が、本当にやりたかったことだ」

ありとあらゆる敵を倒し、ありとあらゆる国家を滅ぼし、勝って勝って、殺しに殺してきたスイボク。その彼が本当にやりたかったことは何なのか。

「俺は……強くなることで、周囲から尊敬されたかったのだ」

共感できる、できすぎてしまう言葉だった。あまりにも俗で、ありふれていて、街のチンピラでさえ思っていることだった。

「俺は、自分が超然とした男だと信じていた。他の誰とも違う、隔絶した心の持ち主だと思っていた。強くなって強くなって、誰にもできないことをしていることが、自分のやりたいことなのだと思い込もうとしていた」

自分の醜さを認めないからこそ、仙人は邪仙《じゃせん》になるという。

だが己の醜さを認めることは、どれだけ辛く苦しいことなのか。修行の果てに至った男は、余人に伝えていた。

「だが俺は、どこにでもいる誰かだった。強くなって、周囲からもてはやされ、畏れられ、慕われ、敬われ、頼られたかったのだ……」

やりたい放題やってきた。気に入らない相手を叩きのめし、殺し、何もかもを打ち砕いてきた。何も我慢せずに、好き勝手をしてきた。

「……他人の気持ちや他人の利益など、考えもせずに」

山水を知る者なら、誰もが一度は疑問を抱く。

あれだけ強い男が、どうして俗人の命令に従い、おとなしく使われているのか。

圧倒的な強さを持っているにもかかわらず、自分の思うがままにふるまわないのか。

その疑問への回答だった。自分の思うがままにふるまった男が、まさに懺悔《ざんげ》をしているのだから。

「俺は、サンスイに幸せになってほしかった。俺のように森の奥で、誰の迷惑にもならぬよう過ごし続けるのではない……人の中で、剣を活かして、幸せになってほしかった」

この場にいる誰もが、今の山水がどこにいるのか知っている。

「自分を楽しませる程度の強者だけと戦いたがる、勝負をするくせに自分の負けを認めない、気持ちよく勝ちたいだけの、浅ましい愚か者になってほしくなかったのだ」

雇われた先で気の合う女性と巡り合い、結婚をするために挨拶をしに行っている。

「サンスイに……俺のようになってほしくなかったのだ」

山水が幸せであることを、知っている。

「……今のサンスイは、きっと幸せです」

雇い主であるドゥーウェは、それが救いになると信じて告げた。

「そうか……」

「それは、間違いなく、貴方の教えのおかげです」

「……そうか、それは何よりだ」

泣いていたスイボクは、頬をほんの少し吊り上げた。

「本当に、よかった」

自分がどれだけ不幸でも、自分の弟子が幸福であると知って喜べる。それは見返りを求めない、無償の愛だった。

剣聖が師と仰ぐ、神に相応しい男だった。

気付けば、ほとんどの戦士たちは膝をついていた。兜を脱ぎ、敬意を表す。

過去にどれだけの過ちがあったとしても、目の前の彼は素晴らしい先人であった。

「過ちに満ちた儂《わし》の日々は、サンスイへ成果を引き継ぐことで報われた。そんな気もする」

手に持っていた、気絶しているヴァジュラ。それをスイボクは右京へ返す。

「これはお主のものであろう。我が友が奪って、申し訳ない」

「あ、ああ……」

右京は改めて目の前の相手を見る。意気消沈していることも含めて、驚くほど存在感がない。

だからこそ、恐ろしい。ここまででたらめに強いのに、ただの泣いている子供にしか見えない。

こうした出会いでよかったと、心の底から安堵していた。

（こっちに対して申し訳ないと思っているが、敵に回せば国ごと滅ぼされちまう。絶対に怒らせないようにしないとな……）

右京は確信していた。スイボク自身の中で、荒ぶる神が鎮まっていないことを。

何かのきっかけで爆発し、あらゆるものを破壊しかねない。それをスイボク自身もわかっているからこそ、俗世と縁を断った生活をしていたのだ。

「あの～いいですか？」

そんな危惧をよそに、正蔵が質問をしていた。

当人も少し申し訳なさそうにしているのだが、聞きたいことがあるようだった。

「フウケイさんは、その……スイボクさんが故郷を滅ぼしたとか言ってましたけど、なんで滅ぼしたんですか？」

「ぬ」

幸い逆鱗《げきりん》に触れることはなかったが、それでもスイボクはやや恥じていた。

当たり前だが、話したいことではないらしい。

「あ、その、言いにくかったら言わなくてもいいんで！　すみません、変なこと聞いちゃって」

「いや……よく聞いてくれた」

友を殺した男に対して、心ない質問だったと後悔している正蔵。

だがスイボクは、過去を語るべきだと思っていた。

「儂は千年連れ添ったエッケザックスにも、五百年育てたサンスイにも、過去を語ったことはなかった。儂にとって過去とは未熟だった時代、今よりも弱かった恥でしかなかった。だが今儂が語らねば、フウケイはただの大罪人として記録されてしまうじゃろう。それだけは避けたい」

友の名誉のために、己の恥をさらさなければならない。

世界最強の男は、封じていた過去を明かそうとしていた。

「悪いのは、すべて儂なのだ」

スイボクとフウケイが別れたのは三千年前だという。三千年間恨み続けたフウケイには、一体何があったのか。

「花札という空に浮かぶ島、その中の小さな村で儂は生まれた」

誰もが生唾を呑む。自分たちは神話を神から聞こうとしているのだ。

「まだ俗人だった儂が仙人の弟子になったのは、五歳の頃の話じゃ」

四千年生きている男にも、五歳だった時のことがある。剣聖とも呼ばれる山水にも祭我と大差なかった時代があったというが、ある意味当たり前でも驚いてしまう。

「村の男衆を全員殴り殺してしまった儂を……」

「ちょっと待って」

ちょっと驚くどころではなかった。正蔵が思わず止めてしまったのだが、全員同じ気持ちだった。過去の回想で、三行目から既に意味が分からない。

五歳の子供が村の男衆、成人男性たちを皆殺しにしたという。それ自体が、ありとあらゆる意味で理解できなかった。

「な、なにか悲しいことでもあったのですか？」

五歳の子供が村の大人を全員殴り殺すなど、よほどの理由があったのだろう。可能かどうかはともかく、普通の五歳児は村の大人を全員殴り殺そうとはしない。

「ぬ……悲しいことなどなかったのだ。いや、もちろん村の男衆が全員死んだのは悲しかったのじゃが……」

照れているというか、恥ずかしそうに語る。

「男衆が年上の子供に木刀で剣の指導をしておってな、まだ幼かった儂は木刀を握らせてもらえんかったんじゃが……ねだって無理に持たせてもらったのじゃ」

山水の代名詞ともいうべき木刀、それは今のスイボクの腰にも下がっている。

「初めて木刀を手にした時の興奮は、今でも忘れられん。己が強くなった気がした、何物にも負けぬ気がした、誰が相手でも勝てる気がした。全能感に酔いしれたのじゃ」

それはよくある話だった。伝説の剣などではなくとも、誰もが持っている鉄の剣でも、あるいは練習用の木刀でも、初めて手にした時は自分が無敵になった気分になる。

それは男子にとって、珍しくないことだった。

「興奮して、周りにいた大人を全員殴り殺してしまった」

これもまあ、わからなくもない話である。優れた剣を手に入れて、人を斬りたくなるというのはよくある話だ。

五歳児が木刀で複数の成人男性を殴り殺す、というのはなかなか聞かないが。

「儂は嬉しかった……思えば、儂はその時点で間違っていたのじゃな」

悲しいことに、実力的には正しかった。スイボクは木刀を手にした瞬間から、その集落で一番強い男になったのだ。

「……悲しい話ですね」

パレットはかろうじてそう言うことができた。いろいろとおかしいが、悲劇には変わりがない。実体験の悲劇というよりは、英雄の逸話に近いけれども。

「うむ」

もうすでに、ここまで聞いて、普通の人間たちは察していた。おそらくここから数千年間、同じような精神性を維持して生きていたのだと。

「花札の仙人であるカチョウ様の弟子になった儂は、当時既に五百年修行を積んでいたフウケイに出会った。居丈高な態度がむかついたので木刀で殴り倒してしまってな……悪いことした」

二番目の逸話もかなりおかしかった。確かに一番目の逸話からして、そうした凶行に及んでも不思議ではない。不思議ではないが、理不尽ではあった。

「ご、五百歳の仙人を五歳で？」

思わずハピネが聞き返してしまった。五百歳といえば、今の山水と同じ年齢である。

今の山水をレインが木刀で殴り倒したようなものなので、あり得ないにもほどがあった。

「うむ……幼かった儂は、むかつく相手を叩きのめすことが強さの証明だと信じて疑わなかったのだ……」

いきなり兄貴風を吹かせてきたフウケイが癇に障り、ぶちのめしてやろうと思った。そしてぶちのめした。適合性は取れている。

「もちろん、当時のフウケイが武を修めていなかったということも大きかったがな。仙人ならば誰でも強い、武に通じているというわけではない」

「あの……お二人の師匠だというカチョウ様は、それを止めなかったんですか？」

山水から指導を受けている祭我は、もしやと思って尋ねた。

この話の流れだと、カチョウさえも殴り倒しかねない。

「うむ。カチョウ様は止めてくださった。動かなくなったフウケイを嬉々として痛めつける儂に対して『それぐらいにしなさい、死んでしまうじゃろう』とおっしゃって、優しく止めてくださった」

優しいとは何だろうか。確かに優しく止めているかもしれないが、フウケイには優しくない。

皆が思うことは一つ、なぜもっと早く止めなかったのだろう、と。

「それから儂はフウケイと共に、師匠の下で修行を始めた。大体五十年もすると、儂はフウケイを追い抜いていた。それもフウケイの自尊心を傷つけたであろうが、儂は更にフウケイの体さえも傷つけた。覚えた術をフウケイで試していたのだ」

酷いことをしたなあ、と後悔しているスイボク。

なお、周囲の者も酷いと思っていた。だが悲しみに浸るスイボクと違い、恐怖におののいている。

「今にして思えば、儂はフウケイに甘えていたのかもしれん。フウケイを相手になら、何をしてもいいのだと、勝手に思い込んでいた……許されないことだ」

許されないことだと呟く、本当に許されないことをしている男。

「カチョウ様から術を習い終えると、他の仙人たちへ術を学びに行った。儂やフウケイと違って本来の仙人は、縮地法や天動法などをすべて覚えることはなく、どれか一芸を追究することが多い。あらゆる術を学ばんとした儂は、他の仙人より学ばねばならなかったわけじゃな」

もしも褒めるところがあるとすれば、スイボクが尋常ではない努力家ということだろう。

仙気を宿す祭我は、仙術を学ぶために悠久の時を費やす気はなかった。

だがスイボクは、どれだけ術を覚えても飽きることなく、ひたすら術を覚え続けた。それが膨大な修練を要すると知った上で。

そのあくなき向上心に関しては、この話の中で唯一褒めるところだった。

「そして幾多の凶行を重ねた果てに、儂は花札で覚えられるすべての術を学び終えた。カチョウ様の下で修行を始めてから、千年……長いようで短い修行を終えた儂は……」

いよいよ、故郷を滅ぼした経緯が語られる。

「景気づけに故郷をぶっ壊してみたのだ」

それはもはや、何の理由にもなっていなかった。

「これだけ大きな島を砕くことができるとは、己はなんと強くなったのか。得意の絶頂じゃった儂を、フウケイは呪った。いつか必ず、儂に報いを味わわせると」

ここでようやく、先ほどの戦いにつながるわけである。

なるほど、フウケイの気持ちがわかってしまった。スイボクの弟子だとか、その流れを汲む者など、殺して当然の害悪なのだろう。

「儂が悪いのだ……」

どうしてスイボクがフウケイに首を差し出したのか、フウケイがその首を落とせなかったのか。その理由もわかった。

スイボクはフウケイに殺されることで罪を償おうとしたが、フウケイはスイボクを殺しても許せなかったのだ。フウケイはスイボクに屈辱を味わわせたかったのだ。

自分をとことん下に見ていたスイボクに勝つことで、その鼻っ柱をへし折ってやりたかったのだ。

　罪を受け入れ粛々と斬首を待つスイボクなど見たくなかった。

　山水は五百年の修行で精神的にも成熟し、老成さえしていた。そうではない仙人の危険性は、話を聞いているだけでも伝わってくる。そして実演もされている。

「何もかもすべて、儂が悪いのだ……」

　罪を悔いる世界最強の男。

「うん……そうだな」

　声に出したのは右京だけだったが、誰もが同意していた。びっくりするほど、スイボクが全部悪かった。

醜態

こうして、永い夜は明けた。

フウケイがこの世を去り、スイボクが暗雲を閃光に変えたことで、アルカナ王国とドミノ共和国の全土を覆っていた蓋は外れたのである。

まさに雲一つない青空が、太陽によって照らされたのだ。

窓から差し込んでくる、久方ぶりの暖かな光。それに気付いた人々は、あわてて外に出た。

見上げればそこには……。

「ぎゃあああああああ！」

天地がひっくり返っている、巨大な森が浮かんでいた。

もちろんアルカナ王国全土が、広大な森によってふさがれているわけではない。ただカプト東端の要塞都市が、スイボクの住んでいる森によってふさがれているというだけで。

もちろんスイボクなりの配慮である。フウケイによる天動法で、周辺一帯へ大量の雹《ひょう》がばらまかれていた。

もしもこの森がなければ、要塞都市は壊滅していた可能性さえあった。

もちろんスイボクがいなければフウケイが攻め込んでくることはなかったのだが、とにかくスイボクのおかげで要塞都市は守られていたのである。

ただ夜の時点で戦いは終わっていたのだから、もうここに置いておく理由はない。

本来なら都市の人を安心させるために、朝日が昇る前にはどかしておくべきだった。

「く～～～～～」

スイボクは、寝ていた。

戦う時は肉体年齢を調整して成人男性になっていたスイボクは、子供の体形に戻って寝ていた。昨夜兄弟子を殺したとは思えないほど、すやすや寝ていた。

懺悔《ざんげ》をして嗚咽《おえつ》したあと、疲れたのかその場で寝てしまったのである。

つまり戦いの場で、野宿をしていたのだ。地べたに寝転がっているのだが、ちっとも寝苦しそうではない。

「そういえばサンスイも、夜には弱かったわね……」

ドゥーウェがそうつぶやく。山水は食欲も性欲もまったくないのだが、睡眠欲だけは人並みにある。もしも徹夜などしようものなら、とても眠そうにしていた。

仙人は寝ないこともできるのだが、寝るのが生活習慣になっているのだろう。それは師匠であるスイボクも同じことだった。

世界最強の男が寝だしたので、その場にいた面々はとても困っていた。ノアやヴァジュラも気絶から復活し、人間の形体になっている。

その上で、さあどうしようかと迷っていたら、朝になってしまったのだ。

「朝日が昇ったら目が覚めるかと思ったんだけどね……」

ドミノの方角から昇っている朝日は、荒れ果てた戦場を照らしている。

正蔵が言うように、普段なら朝日が昇ると目を覚ますスイボクと山水なのだが、今回は夜遅くまで起きていたのでまだ目覚めていないようだった。

「……いっそこのまま寝ていればいいのだがな」

「だよね」

今回スイボクの被害を受けたヴァジュラとノアは、寝ているスイボクにさえ怖くて手が出せなかった。それは他の面々も同様であり、起きてほしかったが起こすのが怖かった。

山水は分別がつくというか、職務には忠実で地位の差というものに俗人同様の反応をする。なのでソペード家のように、ある程度雑に扱われても文句は言わない。

しかし相手はスイボク、荒ぶる神である。もしも無理に起こして暴れ出そうものなら、フウケイが暴れた時よりもひどくなる。

あり得ない、とは言い切れなかった。

「そういうわけにはいきません、民が困ってしまいます」

パレットが言うように、要塞都市の人々は暗雲以上の重圧を感じていた。なまじ明るくなって視界がきく分、恐ろしくてたまらないだろう。

「……もういい、俺が起こす。責任の度合いで言えば、俺が一番重いんだからな」

意を決して、右京がスイボクを起こすことにした。

元々は右京がフウケイへ、ヴァジュラを渡したところから始まっているのである。もちろん抵抗していればどうなっていたのかはわかるのだが、それでも責任は右京にあるのだ。

「良き覚悟だ、我が主よ！　スイボクの力を目の当たりにした後、寝ているのを起こすなど並の勇気では足るまい！」

エリクサーが右京を称える、そして他の面々も右京を尊敬していた。

仮に生存が保証されていたとして、荒ぶる神を起こすという仕事を率先して行えるだろうか。

放っておいても起きるかもしれないし、放置してもそこまで影響はないのに。

ただ要塞都市の人々を安心させるために、世界を滅ぼす男を起こそうとするのだ。

エリクサーがあるから危険を冒せるのではない、危険を恐れない強い意志があるからこそ、エリクサーを使うことができるのだ。

「待て！」

そんな彼に、物言いをつける『物』がいた。他でもない、エッケザックスである。

とても慌てた様子の彼女は、スイボクを起こそうとする右京を止めていた。

「スイボクを起こすな！」

「……理由を聞かせてくれ」

山水よりもさらに長くスイボクと一緒に行動していたエッケザックスである、その意見は傾聴に値した。スイボクは寝ているところを起こされるのが、何よりも嫌いなのかもしれない。

「こんなにいい顔をして寝ているスイボクを起こすなど、かわいそうではないか！」

「おい、ヴァジュラ。エッケザックスを抱えておけ」

「言われるまでもない」

ヴァジュラは喜んで右京に従った。

自分のことをすんなりと夜盗に差し出した、薄情な主。その結果、彼女がこの世の何よりも恐れるスイボクと戦うことになってしまった。

にもかかわらず、ヴァジュラは喜んで右京の命令に従っていた。命令の内容が、まさに言われるまでもないことだったからだろう。

「ま、まて、何をするのだヴァジュラ！」

「お前に付き合っている暇はないのだ、エッケザックス」

小柄なエッケザックスを、背後から羽交い絞めにして持ち上げるヴァジュラ。

弱い者いじめに見える光景だが、誰も咎《とが》めることはない。

「おい、スイボクさん。起きてくれねえか？」

ゆさゆさと、寝ているスイボクを起こす右京。

「ぬ」

するりと、スイボクは起き上がった。

「ぬ、ぬうう……」

まったく怒った様子もなく、体を動かして調子を確認するスイボク。

彼はじろりと周囲を見渡して、概ねを察していた。

「なるほど、すまんすまん」

スイボクが掌を軽く動かすと、天地が逆転していた森がひっくり返った。

浮き上がっている森林は、浮き上がったままに上下を取り戻したのである。

「ぬ……これでよいか」

森林は要塞都市の直上から移動し、人気のない場所でゆっくりと停止した。

まさに手足を動かすように、千五百年を過ごした土地を動かしたのである。

「さて、他のことも始末をつけねばのう」

ふと周りを見れば、そこには荒廃した大地が広がっていた。

大小を問わず多くの土塊が当てもなく浮遊し、あいた穴には大量の雹が突き刺さっている。

「ぬうん」

この地にはフウケイの仙気がまだ満ちている。スイボクはそれを利用して、土地を元に戻し始めた。

浮かんでいた土地に、削られていた土砂が合流し、さらに元の穴をふさぐ形になる。

元が正蔵の耕した土地なので原形を取り戻しても荒れ果てたままだったが、それでも地面が空に浮かんでいるという異常は回復した。

「すごいな……」

祭我は、自分が習得できない唯一の術を見て感嘆した。もう散々驚いているので、他に言うべき言葉がない。

文字通り白日の下で大地が動いてる、よく見えるだけに何が起こっているのか完璧に把握できてしまう。

「ふうむ」

さすがに氷を一瞬で解凍することはできないらしく、大量の雹は一旦自壊させたあと空に浮かべていった。

おそらくそのうち気化して、雲の一部に戻るのだろう。

「さて……すまんな」

その作業を行いながら、スイボクはその場の面々、特にパレットへ謝った。

「本当はこれをしてから寝るべきだった……申し訳ない」

天地を操る術者にとっては手足を動かすようなことなので、戦った後の心労もあって忘れていたのだろう。

もちろん、周囲にしてみればたまったものではないのだが。

「申し訳ないじゃねえよ……」

「ぬ……すまん」

右京は怒るを通り越して、呆れてしまった。なぜこんな適当なのに、今日まで生きてこれたのだろうか。

「なあエッケザックス。もしかしてスイボクさんって、昔からこんな感じなのか？」

昨晩に続いてスイボクにがっかりした祭我が、自分の剣に尋ねた。

「何を言う！　昔はもっとひどかったぞ！」

なぜか怒られた、怒る場所が少しおかしい。

「のう、スイボク！　昔はもっと、他人へ迷惑をかけていたであろう！」

「うむ、思えば罪深い人生であった。一体幾度、慰霊のための社《やしろ》をこさえたことか」

反省の色がまったくないわけではないが、ものすごく薄かった。

「フウケイが雪やら雹やらを降らせていたであろう？　儂《わし》も一時期仙術によって凍気を操り、戦闘に活かせぬかと腐心した時期があってな。エッケザックスと共にそこそこ深い山に入って修行をしていたことがある」

スイボクがエッケザックスと共に世界を旅していた時期も、旅をするばかりではなかったらしい。

課題を見つけた時は腰を落ち着けて、仙人としては短いスパンで修行することもあったのだろう。

「ヴァジュラとフウケイが作った暗雲ほどではないが、儂もエッケザックスを使って暗雲を維持し、雪を降らせたりしていろいろ腐心したのじゃが……結論として仙術では戦闘中に相手を氷漬けにすることはできぬ、ということがわかった」

ハピネもドゥーウェもパレットも、学園長のことを思い出していた。

そう、魔法の歴史、失敗の歴史のことである。スイボクの仙術も同様であり、多くの試行錯誤を行っていたのだろう。

「というのも、儂がしたかったことは、気合を入れると相手を一瞬で氷漬けにするという即効性のある技であった。しかし、それこそ相手を雲の中に放り投げるか、或いは山にこもってお る儂のところまで、止まぬ吹雪の中を歩いて入ってくる馬鹿でもない限り氷漬けにすることはできぬということになった」

仙術が自然現象をある程度操作する術である以上、正蔵がやるようにいきなり氷漬けにするということは不可能なのだろう。

人為的に起こせるという点を除いて、吹雪と何も変わらないからだ。凍死させることはできても、氷漬けにするのは難しいだろう。

「それが無理と分かった時点で、儂はエッケザックスと共に山を下りたのじゃが……」

「十年ほど修行しておったからのう。山もその周辺も丸々氷漬け、それどころか近くにあった国も滅びておった」

即効性には乏しいが、有効範囲は広く持続性がある。仙術による気象操作の特徴だった。

であれば、自分の暮らす山周辺だけ影響を及ぼすということは、どうあがいても不可能だったのだろう。知らず知らずのうちに、周辺一帯さえも巻き込んでしまったのだ。

「そこで、儂は慰霊と反省の意味を込めて社を作ったのじゃ。弔うためにのう」

「さすがに済まんと思ったからのう……」

悪気はない、そう悪気はなかったのだろう。悪気がないどころか、知りもしなかったのだから。だがそれでは許されない所業だった。

その時期にフウケイが戦っていれば、それこそフウケイが望む戦いになっていただろう。

今でこそ落ち着きを得ているが、当時はまぎれもない邪悪そのものだった。そうでなくても、害悪そのものだろう。

「他には、そうじゃな。適当な山を大地から切り離し浮かび上がらせて、持ち運んでいた時期があったのじゃが……なにせ一旦浮かせれば永遠に浮いたままであるが、移動させるとなると浮かせたものの傍にいる必要がある。つまり、常に山を犬のように引き連れながら旅をすることになるわけじゃ」

千年も旅をしていたので、失敗談はたくさんあるようだった。

本人たちが気付いていない事件も、大量にあるのかもしれない。

「だが山をぶつけるなり山で潰すなりして勝っても、ちっとも面白くない。これは駄目だと思った儂は、元の所に山を戻したわけじゃが……」

「山頂で術を使ったので山を下りると、昔はなかった道ができていてな。ふと振り返るとそこには……山に潰された家の瓦礫《がれき》が……！」

なんで怪談ふうなんだろうか。空から山が降ってくることは怪談であろうが、山を降らせた当人がなぜ慄《おのの》くふうに語るのか。

「我が思うに、あの山がなくなったことで人間たちが新しい道を作り、街までできたわけじゃな。しかし、戻ってきた山に潰されて、壊滅したわけじゃ」

「儂も申し訳なく思ってのう、社をこさえて弔ったのじゃ」

社が免罪符かなんかだと思っているのだろうか。

社を建てて慰霊するとか以前に、もうちょっと考えるべきだったのではないだろうか。

「そういえば、テンペラの里なるところがあってのう……特別な血統に由来する拳法を伝える家がいくつもある里じゃった」

ランはふと思い出していた。

里の中にある、荒ぶる神が作ったという社のことを。

「道場破りをしたところ、里の者全員を敵に回してのう……そのまま流れで皆殺しにしてしまった。今にして思えば、惜しかった」

彼に向けられていた尊敬が、急速に冷えていくのを感じていた。

スイボクは自分のことを正しく評価できている。

「本当に……フウケイに殺してほしかったのだがなあ……」

本当に、死んだほうがいい男だった。

「さて」

その死んだほうがいい男が、話を切り替える。

昔語りをしても誰も死なないが、この男が何か行動をするとなればただでは済まない。その一挙一動で何が起きるのか、それはこの場で証明されてしまっている。

「儂はこれから、アルカナ王国とやらの国王あたりに頭を下げに行くが、お主たちはどうする」

アルカナ王国とやらの国王あたり。

なかなか雑な言い方で、頭を下げに行く男の言葉とは思えない。

しかしスイボクは山水同様に、アルカナ王国が成立する以前から森にこもっていた男である。

そもそもアルカナ王国という名称そのものに、まったくなじみがないのは当たり前だった。

国王あたりと言っているのも、国王という名称を使っているのかも怪しいからだろう。

王国というからには国王がいるのだろうが、もしかしたら女王かもしれないし、現在は玉座が空位で代理が治めている可能性もある。

知らないわからないことなので、雑になるのは仕方がないのだろう。

「こ、国王陛下にお会いするのですか？」

「うむ、謝らねばなるまい。これを見よ」

多くの地形を元に戻したスイボクは、雷雲の剣で切り込んだ亀裂を示す。

「申し訳ないが、これだけは直せなくてな。友が迷惑をかけたことだけではなく、儂が一国を水平線の彼方まで切ったことを謝らねばならなん」

パレットの質問に対して、生真面目に応えるスイボク。確かにこれだけのことをしでかしたのだから、謝る相手は国家全体の責任者以外にはあり得ない。

とはいえ、普通なら国王に会えるわけもない。スイボクが四千年を生きる仙人とはいえ、社会的な身分はないのだから、王宮に入ろうとするだけで捕まるだろう。

ただスイボクは強いので、捕まえようとすれば返り討ちなのだが。

（誰が何人死ぬんだろう）

惨劇の予感が、全員の脳裏を掠《かす》めた。

「……ぬ？　ああ、儂のことは国王あたりも聞いているはずじゃぞ。ここへ来る前にパンドラの使い手に話をしたのでな、報告に行くと言っておった」

騒動が起きることを恐れていた一行に対して、スイボクは事前の連絡が済んでいることを伝える。

「如何にフウケイとはいえ、パンドラを相手にしては死ぬしかない。もちろん放っておいても儂のほうが先に着くが、それはそれで不義理なのでな。平身低頭で譲ってもらえるように頼み込んだのだ」

「では国王陛下も、スイボク様が動いていることをご存知なのですね？」

「うむ」

どうやら思いのほか、状況は整理されているらしい。

もしもパンドラの使い手がいなければ、王宮は未だに混乱状態だっただろう。

とはいえ、この場にいるスイボクをこのまま送り出すのも不安なのだが。

「で、どうする？　儂は一人でも行くが」

「……」

全員が互いの顔を見合った。このまま送り出すのは怖いし、しかしスイボクと同行するのも怖い。だがスイボクの力がフウケイさえ超えることを考えれば、視界の外で好きにやらせるのも怖かった。

まさに巨人、歩くだけで大騒ぎであった。

「……よし」

ここでも右京が音頭を取り始める。

「俺は行くぞ。どのみち、ヴァジュラを奪われちまった件に関しては報告しないといけねえからな。謝らなきゃならねえのは、俺も同じだ」

属国でも、一国の長。沈黙を長続きさせるほど、無能でも阿呆でもなかった。

「パレット、正蔵。お前らはカプトの立て直しがあるだろう？　特に要塞都市は、今でも怖がってるはずだ」

「そ、そうですね！　ではお言葉に甘えて、私たちは残らせていただきます！」

「……あ、じゃあ俺も。一応残ります！」

権限がないとはいえ、指示ができる現役の指導者がいると頼もしかった。

祭我など、尊敬のまなざしで見つめている。

「祭我。お前はエッケザックスを持ってるんだから、俺と一緒に来い。スイボクさんを接待する奴がいるだろう？」

「そ、そうですね！」

「他の連中は、特に理由もないだろう。俺と一緒に来るか、勝手に王都へ向かうか。今すぐ選んだほうがいいぞ」

ここで、ハピネとドゥーウェは互いを見合った。残った面々の行動の方針を決めるのは、この場では彼女たちだけである。

「サイガが行くなら私も行くわよ！」

「まあここで退く道はないわねえ」

二人の令嬢は武門の娘である、怖いから嫌という理由では退くことはできなかった。

そして仮にも旗印になっている二人が格好をつけたのだ、他の面々も覚悟を固める。

「話はまとまったようだな。では……」

スイボクの術によって、カプトに属する者たち以外はふんわりと浮かんでいく。

向かう先はスイボクの住まう、空の森であった。

「国王とやらのところへ向かうとするかのう」

第二章

剣聖の在る時代

胸中

さて、ここからは俺の話である。

暗雲の下、昼も夜もわからなくなったアルカナ王国。

ブロワの実家で事態を見守っていた俺は、暗雲が消えたことと閃光が走ったことを見届けた。

「終わったみたいだな」

満天の星が久しぶりに顔を出している。それは正に嵐が過ぎ去った後だった。

正直、自分と師匠以外の仙術を感じ取った時は驚いた。

しかも、これだけの規模の気象操作を行っていたのだ。ヴァジュラの補助があったとしても、俺なんぞには到底不可能なことである。おそらく、師匠と同等か、それ以上の修練をお積みになったのだろう。

一方でその仙気には濁りを感じた。俺は師匠と自分以外の仙人を知らないので何とも言えないが、おそらく何かの病気を抱えていたと思われる。それも肉体ではなく、精神の病だ。

まず間違いなく師匠のお知り合いだったので、師匠のことを長く恨み続けて精神を病んだのだろう。神宝《カンダカラ》たちから聞いた話では、師匠は大分やんちゃだったらしいし。

しかし師匠のお知り合いが、ほぼ全員師匠に恨みを抱いているというのは、弟子としては知りたくなかった一面である。

特に今回は、明確に殺意を感じた。師匠の修行時代を知るお方なのだろうが、その心中は察するに余りある。

「い、今のは……雷、なのか？」

隣で一緒に立っていたブロワは、目の前を通りすぎた閃光の柱に驚いていた。

もう余韻さえ残していない一瞬の雷鳴だったが、おそらく目に焼き付いたのだろう。

比喩誇張抜きで、国土を両断する一撃だった。さすがは師匠と、弟子ながら賞賛するほかない。

「上空の雲を凝縮して放つ、師匠の最大の術だ。話に聞いたことがあるんだが……まさか目にする日が来るとはなあ……」

俺も師匠が化け物なのは知っているので、何をやってもまったく驚かない自信がある。

しかし一度会っただけのブロワでは、師匠の強さを実感できなかったので、いろいろな意味で驚きだっただろう。

「今のがスイボク殿の、最大の術……お前も修行を重ねれば、あれができるようになるのか」

「……師匠は俺に教える気がないからな。アレは若気の至りみたいな術らしい」

師匠曰く、アレに限らず天候操作は戦闘に向かないらしい。

結構な日数を費やして暗雲を生み出し、さらにそれを持ち運ばなければならないからだ。

暗雲を作っている最中に襲撃されたらそれまでだし、一度使用しきるとまた補充しなければならない。

つまり、準備ができていない時は使えない、逃げるしかなくなるのだ。

もしも師匠からあの術だけを教わっていた場合、護衛なんて務まらなかったはずだ。

「アレは決闘のためにしか使えない術だからな」

雷雲を用意していた相手は、まず間違いなく決闘するつもりだったのだろう。

師匠と戦うためだけに膨大な年月を修行に費やし、ヴァジュラを奪った後で雷雲を数週間かけて製造し……師匠との戦いに使用したのだ。それでも、手も足も出なかったのだろう。

自分で用意した雷雲で斬られるとは、合掌である。

「しかし、あれだけの規模の希少魔法だ……人里に被害があるかもしれないな」

「師匠がそんな不手際をするとは思えないけれども……ただ、それを抜きにしても、師匠は申し訳なく思っているだろうな」

自分の旧友が自分を殺しに来て、ドミノからヴァジュラを奪って、アルカナ王国を雷雲で覆って、自分はアルカナ王国の国土を切り裂いたのだ。

「お詫びの挨拶ぐらいはするかもしれないな」

「国土を切り裂いたお詫びというのはどうかと思うがな……お詫びをするぐらいなら、切らなければよかっただろう」

「あの術を使わなかったら、あの量の雲が全部雨に変わってたぞ」

「……それもそうか」

凝縮して一点に集中したからこそ、国土が両断されるという未曽有の事態にはなった。

しかしあの術を使わなかった場合、普通に雨が降り注いで普通に国土が崩壊していただろう。

物理的な意味で、地盤的な意味で。

「たぶん王都に戻ったら、師匠が待っているだろうな。まさかこんな形で再会することになるとは……レインを一人前に育てるまでは、会わないつもりだったんだが……」

「会いたくないのか？」

「そんなことはない、会いたいさ。師匠に会いたくない理由なんて、一つもない」

俺はアルカナ王国で最強の剣士と呼ばれている。師匠を知っている身で最強と呼ばれるのは小恥ずかしいが、それでも修行の成果が評価されているのは嬉しい。

ソペード家に雇われてもう五年以上が経過し、当主様からの信頼も厚く、護衛だけではなく指導者としての仕事も任せてもらえている。

育てると約束したレインはいい子になったし、ブロワという伴侶も得て、トオンや祭我といった弟子のような友人もいる。

俺は師匠に報告したいことが、山のようにあった。

「ただ、こうして師の元を離れて成果を積むごとに思うんだ。スイボク師匠ご自身は、自分の師匠に対して何を思っているのかとな」

俺はよいのだ、いつ会っても悪いことなんてない。

ただ師匠はどうなのか。師匠にも仙術の師匠がいて、きっといろいろなことを習ったに違いない。

その上で、自分が故郷に顔向けできないと思っているのではないか。

師匠の過去を知る人たちは、誰もが師匠を今とは違うという。今の俺が知る、素晴らしい師匠とは違いすぎる。

師匠は過去を恥じ、切り離したがっているのではないか。

「ブロワ、俺にも実家がある。ソペードだけじゃない、師匠のいる場所も、俺の帰る場所なんだ。ただ師匠には帰る場所がないのかもしれない」

「……まあそうかもしれない。だがそれはきっと、どうにかできることだ。私がお会いした時、お前の師匠は徳のあるお方だった。もちろん徳があるフリだったのかもしれないが、お前と一緒にいた五百年の間、尊敬すべき師匠であり続けたのだろう？　五百年も演じ続けることができたのなら、それはもう本物だ。きっと、自分で決着をつけられる」

「……だといいが」

これはかりは、話が違う。

ブロワは実家との齟齬《そご》を解決できたが、アレは元々ブロワにまったく負い目がなかったからだ。

ブロワはソペードで護衛として働き、それによって家族は豊かな暮らしができていた。お兄さんもお姉さんもブロワへ複雑な感情を抱いていたが、その一方で感謝もしていた。

ブロワは何一つ悪いことをしていないので当たり前で、当人たちもある程度は幸せだったのだから当たり前だ。

だが過去の師匠が悪いことをしていて、その被害者が今も不幸だったのなら。

あの閃光はただ雷雲の始末をつけただけではなく、師匠が罪に上塗りをしたということだろう。

故郷にも不幸にした人しかいないのなら、何をしても無駄だ。

人はそれを、取り返しがつかないという。

「……ブロワ」

「なんだ」

「お互いお嬢様の護衛として、苦労に苦労を重ねてきたな」

「ああ、まったくだ」

命を賭けて、ソペード家のご令嬢を守る。それはとてもつらい仕事だった。お嬢様ご本人の性格も酷かったが、お役目そのものが過酷だった。

「だが、間違いのない日々だった。俺達はたくさんの人を傷付けてきたが、確かに誰かを守ってこれた」

「……そうだな」

俺達はお嬢様を守り、その対価として家族を厚遇してもらった。

それは等価交換ではあるが、それでも感謝が必要だ。ソペードのお二人が俺達へ頭を下げてくれたように、俺達もまた感謝をしなければならない。

「たとえ周りからどう思われたとしても、少々卑屈なぐらいがちょうどいいんだよな」

「……いや、お前は少し卑屈すぎると思うぞ」

「話をこじらせるなよ……今まとめようとしたんだから」

「もう少し筋道立てて話をしてくれ」

「……昔の師匠は、きっと自分のことだけを考えて生きていた。自分が楽しいかどうかだけで、好き勝手に生きてきた。だからああして……恨みを買うんだ」

過去の師匠は、自分の気持ちに素直だったらしい。他人の都合など知ったことではないと、好き勝手にやっていた。そしてその結果、自分を含めて誰も幸せにしなかったのだ。

「ああ、恨みは恐ろしいな」

「軽く見積もっても千五百年は恨まれているわけだからな」

「恨むほうも恨むほうだな……」

「まったくだ、千五百年も恨めるのは相当だぞ」

五百年生きている俺が断言するが、よっぽど恨むことがないと千五百年も恨み続けることはできない。よほどのことがないと、途中でどうでもよくなる。

「こんなことを言うのはどうかと思うが、時間は大抵のことを解決してしまうからな。お前やレインが殺されでもしない限り、百年だって恨めない」

「……もしも私が仙人に殺されたら、千年でも恨んでくれるか？」

「万年でも恨むと思うぞ」

「そうか」

少しだけ、ブロワが嬉しそうに笑っていた。

「なあサンスイ、お前は今回何もしなかっただろう？」

「ああ、何もしなかった。師匠が動くのはわかっていたし、休暇を頂いていたからな。それに……」

「それに？」

「もしものことを考えれば、俺はここにいたかった」

「私たちを守るためか」

「そうだ」

大規模な気象操作が行われることは、仙人の気配を感じた時に察していた。

ひたすら暗雲が拡大し続けるだけで結果的に害はなかったが、もしものことは十分にあり得た。

その時、俺がいなければ、果たしてブロワとレインは無事だっただろうか。

「実のところを言えば、多少は王都に戻ろうかとは思った。お嬢様を守りたいし、祭我やトオンのこともあるしな」

「それでも残ったのは……」

「今の俺が一番守らないといけないのは、お前とレインだからな」

そのあたりは、お父様やお兄様、お嬢様だってわかっている。だからこそ、俺を呼び戻そうとはしなかったのだろう。

もちろん多少は葛藤があったかもしれないが、それは俺にもあったことだ。

「そうか……そうだな、正直うれしかったよ」

当たり前だが、今でもブロワは強い。手に剣を持って風の魔法を使えば、近衛兵並みの強さを発揮できる。

でもこれから、どんどん弱くなっていくだろう。もう鍛えることはないし、前線から遠ざかっていくのだから。

彼女が先日まで必死で積み上げてきた強さは、急速に失われていく。でもそれでいいのだ、ブロワはもう役割を終えたのだから。

「私はもう、守る側ではなく守られる側なんだな」

「ああ、その通りだ」

俺がどれだけ強いとしても、もっと強い人はいる。そしてなんでも守れるわけではない、体は一つしかない。

もちろん今の俺はソペードの武威であり、一介の剣士でしかないのだけれども。

休暇中の今は、何よりも家族を大事にしたかった。

「なあサンスイ、もしもお前のお師匠様が動かない状態で、国家が危なくなった時。お前は私と国家、どちらを守るんだ？」

「意地悪なことを言うな……」

もちろん本気で質問をしているわけではあるまい、ただ俺から聞きたい言葉があるだけなのだ。そういう意味では、少しだけお嬢様らしいことをしているのかもしれない。

「どっちも全力で守るよ、それは約束する」

「そうか、それは嬉しいな」

ふと初心を思い出した、俺はかわいい女の子を守るために強くなりたかったのだ。

もちろんここまで努力をしたかったわけではないが、大切な人を自分の力で守れるというのは、とても誇らしいことだった。

帰途

翌朝。アルカナ王国全土を覆っていたであろう暗雲は消え失せ、久方ぶりの快晴がブロワの実家にも訪れていた。

家にこもっていた人々は不安から解放され、喜びの声を上げている。もちろん損害も多少はあるのだろうが、それも彼らは乗り越えていくだろう。

幾日も暗雲が空を覆っていたにもかかわらず、何事もなく平穏な日常が戻ってきたのだから。

まあ、俺の師匠の関係者が、俺の師匠を殺しに来たのがそもそもの原因ではあるのだろうが。

そう思うと、ものすごく気まずい。何もかも俺の師匠が悪いと分かり切っているので、喜んでいる気配に対して罪悪感がある。

ともかく、こうして空が晴れた以上は、俺達も王都に戻るべきだろう。命令されていないとはいえ、いつまでも何もしないままというのはあまり良くない。

挨拶もできたのだし長居する用事もないので、俺達三人は王都へ戻ることにした。

「本当はもう少しゆっくりさせていただきたかったのですが、王都に一度戻らせていただきます」

ブロワのご家族五人に対して、俺達はお別れの挨拶をした。

当たり前だが、暗雲に関して俺が分かっていることは、気配を察した時に全部説明している。お兄様や国王陛下もそれを察することはできないはずなので、師匠以外で状況を一番早く把握したのはこの場の面々だ。

もちろん、把握できたからといって何かできたわけではないのだが。

「そうかね……では当主様によろしく頼む」

ブロワのお父様、センプ・ウィンさんは俺へ頭を下げた。

「今回君が残ってくれたのは嬉しいが、それで当主様方の心証を悪くしてはいけない。少々名残惜しいが、早く戻ったほうが角も立たないだろう」

とても常識的な発言で送り出してくれた。

実際、当主様に嫌われていいことなど何一つないわけで。

「ブロワ……せっかくお役目を終えたのだから、余計なことで心証を悪くしては駄目よ？」

ブロワのお母さんであるケット・ウィンさんは、重ねて当主様たちの心証が悪くなることを心配していた。

心配の内容がやや偏っている気もするが、実際人生にかかわることなので仕方がない。さあこのままお別れだ、という雰囲気が突如壊された。

今後も俺達は、お嬢様たちのご機嫌をうかがって生きていくのである。

「私も王都へご一緒してよろしいかしら？」

ブロワのお姉さん、シェット・ウィン。お肌の曲がり角に直面している、精神的にやや不安定なお人だ。

「だって……サンスイさんのお師匠様がアルカナ王国に迷惑をかけたのなら、お詫びの品を用意しているかもしれないのでしょう?」

我欲全開だな、この人。こうも欲求に正直で、自分に都合のいい未来を想像できるのは、ある意味ではすごいことなのかもしれない。

悪い意味で前向きだが、先日までは悪い意味で後ろ向きだったのでそれよりは好転したのだろう。

「もしかしたら、若返りの妙薬をいただけるかも……!」

「……父上、姉さんに私も同行します。サンスイ殿の父親代わりだというスイボク殿に、父上の代わりとしてお会いするというのなら、そこまでおかしな話ではないでしょう」

止めても無駄、ないしは止めると先日のように心を病むと思ったのだろう。

ブロワのお兄さん、ヒータ・ウィン。彼は自分が姉に同行して、見張ると言い出した。

「そうか……ライヤ、どう思う?」

「そうねえ、ライヤ。貴女はどうしたらいいと思う?」

跡取り息子の提案への是非を、なにも考えずに末の妹へ投げたご両親。

ヒータさんはとても傷ついているが、思うところがあるのか怒るに怒れていない。

「お兄様もお姉様も、サンスイさんにご迷惑をおかけするかもしれないし、私もご一緒するわ」

「それなら安心だな」

「そうねえ、ライヤちゃんは賢いものねえ」

ブロワの妹、ライヤ・ウィン。ご両親からの信頼も厚い、末の妹さんである。

「サンスイさん。もしもヒータとシェットが馬鹿な真似をしたとライヤが判断した時は、遠慮なく叩きのめしてください」

「ライヤちゃん、危ないな～と思ったら殴ってもらうように言うのよ？　何かあったら遅いもの」

ブロワのお兄さんとお姉さんを殴ってもいいのだろうか。そう思わないでもないが、よく考えたら当主であるお兄様と、前当主であるお父様のことは頻繁に殴っていた。

そう考えると、バカな奴は殴っていいというのは、ソペード全体の気風なのかもしれない。

武門の名家というか、武士みたいな気風だ。

殴って止めていいのなら、ある程度気楽なのだけれども。

「父上、母上……いくらなんでもそれは……」

「バカなことを言うな、ヒータ！　そもそも一緒に行かないのが一番なんだぞ！」

「そうよ、今二人とも殴り倒してもいいぐらいだわ！」

呼ばれてもいない人間が王都へ行って、しかも要人に会おうとするのは問題だろう。

だが行きたがっているのはお花畑状態のシェットお姉さんぐらいなので、ヒータお兄さんを殴る必要性はまったくない。

「父上、母上……」

そのことにお兄さんも気付いていて、苦情を言おうとしている。

「あらお兄様。私が一緒に行くのなら、お兄様は同行する必要がないんじゃないかしら？」

それを止めるのは、やはり利発なライヤちゃんだった。

「お兄様が王都に行かなければ、殴られる心配はないでしょう？」

「ぐ、ぬぬぬ」

「バカなお兄様。自分が行きたいって願望が透けているわよ？」

本当に利発な女の子だった、ご両親が信頼しているのもわかる。

「まったくだ！」

「そのとおりよ！」

ご両親もそう思っていたらしい。実際、俺達以外が王都に行かなければ、それで解決なんだし。行かなかった場合シェットお姉さんがまた病むかもしれないが、行った場合は一族郎党皆殺しになることもあり得るわけで。呼ばれもせずに王宮に行くというのは、要するにそういうことなのだ。

というか、先日シェットお姉さんは俺の首を絞めようとしたので、それを王都でもやると完全にアウトである。

「大丈夫よ、お父様お母様。お兄様やお姉様は私が監督するわ」

「ライヤちゃん……実は仙人なのかな」

ものすごく驚いているのは、比較的年齢が近いレインだった。

確かに彼女の落ち着き具合は、普通では考えられない。

「私の妹が、こんなに利発だったなんて……」

なお、ブロワも驚いていた。もちろん俺も驚いている。

「ライヤ……なぜお前の株だけが上がる」

「余計なことをしない、その一点よ。節度って大事よねえ、お兄様」

確かに節度は大事だ。

多分ライヤちゃん自身も、王都に行ってみたいとは思っている。

しかしその一方で、自分の株を下げてまで行きたいわけではない。今回は行ける理由があるので行くが、無理ならあっさり諦められるんだろう。

端的に言えば、彼女は真の意味で損得勘定ができるのだ。

無理を通すくらいなら諦める。なるほど、絶対に仙人ではない。

ライヤちゃん自身理解しているだろうが、彼女は『高み』を目指すことがない。

無理をしないという生き方は疲れないし、社会と摩擦を生むこともない。お兄さんのことを挑発してはいるが、流せる範囲を把握した上でのじゃれ合いだ。ねちっこくぐだぐだ続けてないしな。

それは賢いし頭がいい生き方だ。ただ彼女は自分にできる範囲での最善を探るだけで、やりたいことという目標を持たない。

よく言えば、執着がないのだ。

悪く言えば、熱意がない。

彼女は負けることがないが、勝つこともない。勝負自体を避けている。

彼女は間違いなく優秀だが、偉業を為す人間ではない。そういう意味では、お兄さんのほうがよほど将来有望だ。

お兄さんの評価がご両親から低いのは、先日も言っていたように、領主になる人間に偉業は必要ないからだろう。

奇しくもお兄さんが会いたがっている、風姿右京。彼こそは正に、執着の塊のような人間だった。

もしかしたら偉業を為す人間とは、苦労を進んでする人のことなのかもしれない。

自負があるからこそ高みを目指すもの、自覚があるので節度を知る者。俺はどちらも結構好きだった。

なお、いらだって他人への攻撃に走る者は嫌いだったりする。

「私も妻の家族を師匠に紹介したいと思っていたのです。同行していただけるのなら、とても嬉しいですよ」

「気を使わせて申し訳ありません……ヒータ、お前はブロワの夫に借りを作ってしまったのだぞ！」

「そうよ！　返す当てもない借りを作るだなんて……よく考えなさい！」

「は、はい……」

しかしきっちりしているご両親だ、言っていることは本当にもっともである。

平凡なりに全力を尽くしている人、それを嫌いになれるわけもない。俺はこのご両親のことが、とても好きになっていた。

×　　×　　×

こうして、俺達の新婚旅行は復路に入った。

飛行機やら電車やらでの旅とは違い、馬車での旅は移動にも数日から数週間かかる。

もちろん道中の宿場町で寝泊まりをするのだけれども、逆に言えば俺とブロワ、そしてレインは行きと変わらない旅行ができていた。

なにせこちらは貴族、馬車二台で旅をしてもまったく問題がない。俺達家族が一台、ブロワの兄妹が一台で、特に気兼ねなく移動ができるのだ。

宿場町でのお泊まりも別々の宿にすればよく、要するに俺達は同じ道を進んでいるだけの別家族のようなものだった。

さすがにそのあたりは三人も気を使ってくれたらしい。というか三人とも、俺と一緒に旅をすることが目的というわけじゃないし。

「私の家族が迷惑をかけてすまないな、サンスイ」

「気にするなよブロワ。俺の師匠がやったことに比べれば大したことじゃない」

「それもそうだが……迷惑の種類、規模が違うからな……比較にならない」

まったくだ。比較にならなくて、まったく相殺できていない。

ブロワのお姉さんが俺の首を絞めようとしたことと、俺の師匠やその友人がこの国を滅ぼしかけたこと。

どちらも悪くてお互い様、という雰囲気にはなりようがない。

むしろどちらも罪悪感を抱えている状態だった。負に負を合わせても負のままである。

「パパのお師匠様か～～、う～～ん」

そして我が娘レインは、行きと違って俺達がイチャイチャしていないことに文句がないようだった。

さすがに国家滅亡の危機が過ぎたばかりで、父親と母親の仲を心配する余裕はないらしい。

「さて……そろそろ見えてくるな」

「何がだ？」

「どうしたの、パパ」

馬車の窓から外を覗く。俺にとっては懐かしい、第二の故郷ともいうべき森が見えた。

「……ん？　あんなところに森があったか？」

ブロワがいぶかしがるのも無理はない。とても遠くに、森が見えた。遠くから見てもわかるほどに、とても大きな森だった。

小さな林ぐらいならともかく、大きな森が出現していれば少しはおかしいと思うだろう。

もちろん、ほんの少しだけの話だが。

「アレは師匠の森だ」

「ええ？　あそこって王都の近くだよね？」

「ここはまだソペード領だぞ？　方向が合っていても見えるわけがない」

この星も丸いので、遠くのものは丸みによって見えなくなる。というかそうではなくても、高い山でもなければ他の山が邪魔をして見られなくなってしまう。

しかし要するに、高いところにあれば遠くからでも見える。

「え……」

「な……」

馬車がゆっくり進んでいくことによって、周囲の景色も変わっていく。

少しばかり小高い丘を登り切れば、師匠の森が空高くに浮かんでいることがわかる。

「位置的には、王都の真上だな。多分」

「すごい……！」

「なんということだ……」

蜃気楼などの幻覚ではなく、森が空に浮かんでいる。スイボク師匠による、大地を浮かせる仙術。

「俺の術の中に軽身功《けいしんこう》というのがあるだろう？　原理自体はあれと同じだ。もちろんそれの上位も上位だが」

当たり前だが、俺も実際に見たのは初めてだ。だが遠くからでも見えれば大体原理はわかる。それに、できるとは思っていた。俺だってあの森で五百年も過ごしたのだ、その森に仙気を注ぎ込んだ師匠のでたらめさはわかっている。

「パパもアレができるようになるの？」

「ずっとずっと練習すればな。でもそれは、ずっと先の話だ」

師匠のことはすごいと思うし、先人として尊敬している。だがあの術を習いたいとは、正直思っていない。

今の俺には、十分な武がある。そしてこれで満足してもいる。

それに将来のこと、レインやブロワがこの世を去った後のことなんかよりも、今のほうが大事だった。

やりたいこと、してあげたいこと、為さなければならないことがたくさんあって充実している。

その日々が終わった後のことを考えるなんて、仙人である俺にしても先のことすぎて考えられなかった。

殿中

さて、空に巨大な森が浮かんでいる王都へ、俺達はようやく到着した。

はるか上空に巨大な森が浮かんでいるとはいえ、王都は一応の賑わいを見せている。

俺がブロワの実家から戻るまで結構な時間が経過しているので、王都の人々も飽きてしまったのかもしれない。

先日の暗雲と違って実害はほぼなく、真下の王都で暮らす人々にとっては首が痛くなるまで上を見上げないと視界に入らないのも大きいだろう。

「思ったよりも普通だね、パパ。もっと大騒ぎになってるかと思ったけど、そんなことないね」

レインが言うように、取り立てて騒ぎは起きていない。俺が戻ってきても、特に過剰な反応はなかった。

空に森を浮かべている男の、その弟子が戻ってきても何もない。なるほど、平常通りだった。

「……サンスイ、一応聞くが、王宮の中はどうなっている?」

「えらいことになってる。具体的に言うと、今も俺達のことをみんな見てる」

ブロワは察しているようだが、この平穏は涙ぐましいまでの努力によるものだ。

王宮にいる人々は、ものすごく緊張している。師匠が王宮にいて、俺のことを待っているからだ。

この王都の真上に巨大な森を持ち込んでいる、落とすだけで王都を滅ぼせる男に対して怯《おび》えているのだ。

「思ったよりも、皆師匠を怖がっているな……」

これだけ強ければ怯えもするだろうが、正蔵や俺を抱えている当主様たちでさえ耐えられないとは。

まあ俺達には忠誠心があるけれども、師匠にそんなものはないしな。

「それはそうだろう。お前の場合は信頼関係を構築したあとで実力が明らかになったからな。最初から近衛兵をまとめて倒せると分かっていたら、最初の時点で警戒していたとも」

「それは確かにな」

どこで生まれて、どれぐらい強いのかよくわからないけれども、人柄としては信頼できるし、わかりやすい対価も支払っている。

五百年生きていると分かる前は、ソペード家は俺に対してそんな印象を抱いていた。

しかし師匠の場合は、国家を軽々と滅ぼせる力を見せていて、人格が今一つわからないのだ。その上で、過去にはたくさんの国を滅ぼした罪状を抱えている。

滅ぼした理由もむかついたからとかなので、当主様たちが警戒するのも当たり前だろう。

「こうなると、お兄様やお姉様が心配だな。これだけ緊迫している状況で、観光のような心持で、傘下の貴族がのこのこと来たら……何をされても文句は言えない」

「うん、そうだね……」

「……そうだな」

やはりブロワのご両親は正しかった。あの場で殴っておけば、こんなことにはならなかったのに。

×　×　×

王宮の入り口、馬車から降りる場所で、俺達はもう一台の馬車に乗っていた三人と合流した。

「いやはや……改めてすごいですね。こうして王宮に入れるとは……私のような田舎貴族にとっては、夢のようなことですよ」

案の定、舞い上がっているお兄さん。元々立身出世に興味があるこの人にとっては、王宮に来ること自体がとても嬉しいことなのだろう。

来ようと思っても中までは入れないはずだし、無理に入ったら投獄されるかもしれないし。しかし入っただけで感動するというのは、まさに田舎者なのだろう。俺にもそういう時期があった……。

「ここに、あの大きな森を浮かせているお方が……サンスイさんのお師匠様がいらっしゃるのね……あんなことができるんだから、私を若返らせるぐらいは……」

それはそれとして、さらにヤバいのはお姉さんだった。

もう完全に夢見心地である。俺よりも幼い姿の師匠を見たら、きっとすごい感情を抱くに違いない。

師匠が若返りの手段を持っているとは思えないが、勝手に膨らんだ期待を裏切られたら暴走しかねない。そうなったら、もう殴るしかないな。

「お兄様もお姉様も……バカ丸出しだわ。ついてこなきゃよかった……」

ものすごく辛そうな顔をしているライヤちゃん。おそらく、俺達と似たような心境になっていると思われる。

「サンスイさん、もう殴って馬車に積み込んでください」

「まだ何も起きてないですから」

「何か起きてからじゃ遅いわ……このままだと、ブロワお姉様の努力が無駄になっちゃう」

ライヤちゃんの気持ちもわかる。すごくよくわかる。

こうしてみると、ソペード家のお兄様やお父様はまだまましだったな。なんだかんだ言って、肝心なところでは落ち着きがある。

肝心なところ以外ではやらかしが多いのだが、ブロワの姉兄は肝心なところで取り返しがつかなそうだった。

「呼ばれてもいないのに上機嫌で……。もしも当主様のご機嫌が悪かったら、打ち首じゃすまないわよ？」

「はっはっは！　気にしすぎだぞ、ライヤ！」

「そうよ、王都はあんなににぎわっていたじゃない！」

「お兄様、お姉様。能天気ね、会ってもいない人の気持ちを勝手に察するだなんて」

今になって俺は二人を連れてきたことを、ちょっと後悔した。まさか王都に来るだけで、ここまで興奮するだなんて。

俺はお兄さんのことが嫌いではないが、嫌いではないからこそ今のうちにぶちのめすべきではないかと考え始めたその時。

「剣聖殿！　お戻りになりましたか！」

突如、馬車降り場が騒がしくなった。

とても慌てた、恐怖さえ感じている兵士たちが大量に現れたのである。

そのものものしい雰囲気に、お兄さんもお姉さんもびっくりしていた。

「ええ、先ほど戻ったところです。どうやら当主様や私の師匠がこちらにいらっしゃるようですので、こうしてお伺いをさせていただきました」

「そうでしたか……ではどうぞこちらへ！」

「国王陛下、四大貴族の当主様たちがお待ちです！」

まるで絶対の窮地に、待望の援軍が現れたかのような扱いであった。

これから謁見《えっけん》に向かうにもかかわらず、まるで急患へ医者を案内するような急ぎぶりだった。

兵士たちに誘導されて、俺達は急ぎ足で謁見の間へ向かうことになった。

「……なあもしかして、私たちはこのまま国王陛下にお会いするのか？」

途中で事態を把握したお兄さんが、青ざめながらつぶやいた。

俺達と同行しているのだから、そういう話になるだろう。かといって俺達と別れた場合、何の用事もないソペード傘下の貴族が王宮に残されることになるわけで。

「なんてことかしら……ねえライヤ、私のお化粧、崩れてないかしら？」

「大丈夫よ、お姉様。みんなそれどころじゃないわ」

微妙に見当違いなことを気にしているお姉さんを、ライヤちゃんが諌《いさ》めた。

化粧を気にするぐらいなら、場違いであることを気にしたほうがいい。

「剣聖殿をお連れしました！」

大慌てで謁見の間に入る俺達六人。

そこには国王は当然のことながら、各家の当主がそろっていた。

その全員を見て、ブロワの兄妹たちは全員硬直した。アルカナ王国の最高権力者がそろっているのである、そうなるのが正常な反応であろう。

だがしかし、良くも悪くも全員と顔見知りである俺達三人は、全員が何かに怯えていることを感じ取っていた。

「休暇は楽しめたか、サンスイ」

怯えていても、それを面《おもて》に出すことはない。お兄様は形式を忘れず、俺に対して世間話から始めた。

「はい、ブロワの家族とも挨拶ができました。そのご厚意に感謝を」

お兄様からの言葉に、膝をつきながら応じる。結構楽しい旅だったとは思うし、ブロワの家族に挨拶ができたのは本当によかったと思う。

俺がお兄様と話をしているだけで、ブロワの兄妹たちは一種の羨望を向けてくる。

家族であるブロワと同様に、俺も当主直属である。知ってはいても目の当たりにすると、驚きもひとしおなのだろう。そもそも、到着して早々に謁見の間へ案内されるのもおかしい。

しかし、ブロワの兄妹に気を回している場合でもなかった。

「お前のことだ、概ねを察していただろうが……」

「はい、仙気とヴァジュラの気配を感じる暗雲が国中を覆っておりましたので、師匠のお知り合いかと拝察しました」

「その通りだ。お前の師匠を狙って、お前の師匠の同門がドミノを襲いこの国にも踏み込んだ。ウキョウ殿が指揮し、サイガとショウゾウ、トオンとランが迎え撃ったが……結局、お前の師匠であるスイボクが倒した」

当たり前だが、俺もそれは知らなかった。スイボク師匠とその知り合いが戦っていることは遠くからでもわかったが、他の誰かが戦っていたことまでは知りようもない。

国王陛下や四大貴族の当主が信じる切り札が、三人も投入されて勝てなかった。それにランやトオンも加わっていたというのなら、スイボク師匠のお知り合いはどれだけの高みに達していたのだろうか。

まず間違いなく、俺がいても何もできなかっただろう。

それでも師匠には、手も足も出なかったのだろうが。

「実害、と呼べるほどのものはほぼない。しばらく日が差さなかっただけであるし、今は日照も良いのでな。収穫に多少の影響もあるだろうが、どうにもならないということはないだろう。相手が四千年以上生きている仙人であることを思えば、まあマシだ」

師匠が過去にいくつもの国を滅ぼしていたことを想えば、少々の不作で済んでよかったということだろう。

「それはそれとしてだ……まあ、そのなんだ。うむ、お前は自分の師匠と少し話をしてやれ」

「はい、ありがとうございます」

さて、この場の五人を怯えさせているお人と話をすることになった。

「お久しぶりです、師匠。こうも早く再会できるとは思っていませんでした」

俺は部屋の隅でおとなしくしていた師匠に挨拶をする。

俺が話しかけてようやく、レインやブロワ、その兄妹は師匠がいることに気付いた。

俺もそうなのだが、師匠には存在感がない。気配はあるのだが自然と一体化しており、じっとしていると分からないのだ。

「うむ、然りである。こうしてお前と再会するとは、嬉しい反面申し訳ない。お前の仕官先に迷惑をかけてしまったのだからな」

ライヤちゃん、ヒータお兄さん、何よりシェットお姉さんが師匠を見て驚いている。

想定していたことではあるだろうが、見た目の年齢が俺よりもさらに若いからな。

「完全に儂《わし》の不始末である、許さずともよい」

本当に申し訳なさそうにしている師匠、きっとお辛いのだろう。

だが師匠ご自身も理解しているように、一番辛かったのはきっと師匠の同門の方であろう。

これが日本人同士なら最悪の展開である。いじめられっ子が復讐するために努力して強くなったのに、いじめっ子はもっと強くなっていて返り討ちなのだから。

「スイボク師匠、ここはアルカナ王国です。俗人の国なのですから、判断は国王陛下にゆだねましょう。私もそれに従うだけです」

「そうであるな……つくづく、すまぬことをした。同門の友にも、弟子であるお前にもだ。儂にできる償いであれば、なんでもするつもりだ。とはいえ、首を落とすなら猶予が欲しいところではあるが」

元日本人の感覚として、世界を軽々と吹き飛ばせる相手が首を差し出してきても、怖くて落とせないと思われる。

たぶん、このアルカナ王国の人たちも同じ思いだろう。

「だがこんな老いぼれの首なぞ欲しくないであろうがな。それこそ一文にもならぬ」

「ということは、何か案がおありですか？」

「うむ、お前には教えておらんが、儂にはいろいろと人の世にとって価値があるものを生み出す術を持っている。それを差し出すつもりじゃ」

「そんなことができたんですか？」

シェットお姉さんが散々期待していたことだったが、まさか本当に作れるとは。

「最強になりたいというお前には不要だったし、儂自身も作る気がなかったのでな」

作っていなかった理由に関しては、完全に想像通りだった。

確かに『普通の人間が欲しがりそうなもの』を自分で作れたとしても、わざわざ作ろうとは思わないだろう。

「それに、他の仙術同様に時間がかかる。習得にも準備にもな。まあ今回はまったく問題がないのだが」

そう言って、師匠は床に置いていた風呂敷包みを広げた。

直後だった、部屋全体に芳醇な香りが広がっていく。ただ風呂敷をほどいただけとは思えないほどに、劇的に部屋の中の匂いが変わった。

先ほどまで師匠に対して恐怖していた部屋の誰もが、師匠の用意したものに心を奪われていた。

俺には食欲というものがないのだが、それでも美味しそうな匂いだ、というのはわかる。

「儂も放浪していた時は、未熟だったゆえにこれらに頼った。俗人の世界では万病の薬と語られる、蟠桃《ばんとう》と人参果《にんじんか》である」

それは果物だった。片方は桃であり、もう片方は人間の子供に似たいびつな形をしている。

「蟠桃は体の中の気血を潤し、疲れをとる。人参果に至っては、ちぎれた手足を生やした上で、目や鼻さえも治す薬効を持つ」

うろ覚えだが、法術で治療をしても、ちぎれた手足が生えてくることはないらしいし、失明した場合は元に戻ることがないという。

手足がちぎれても目がえぐられても問題ないのは、俺が知る限り狂戦士であるラングぐらいだった。その彼女も自分のことしか治せないので、普通の人間は失えばそれまでである。

それに比べれば非常にさりげないが、蟠桃の効果もすごい。魔力や仙気を回復できる道具など、今まで聞いたことがなかった。

「どちらも薬効が強すぎて食べすぎると死ぬが、匙加減が必要なほどではない。人参果が必要なものはおらんだろうが、蟠桃は今切り分ける故皆食べるがよいぞ」

そう言って、師匠は切り分け始めた。当然ながら、普通の包丁を借りて、普通にまな板の上で切っている。

蟠桃を切り分けていくと、芳醇な匂いがさらに増した。

師匠の切り分けていく蟠桃に、誰もが目を釘付けにしている。

「さあ、食べるがよい！」

スイボク師匠が切り分けた果実を、給仕の人が運んでいる。給仕も食べたそうにしているが、さすがにはしたない真似はしなかった。

本来なら身分の高い人間が、毒見もなく怪しい果物を食べるわけもない。

というか、持ち込んだ師匠本人が食べすぎると死ぬと言っているのだから、普通の人でも食べないだろう。

だがしかし、相手は師匠。この王都の真上に、巨大な森を浮かべているお人である。むしろここで毒を混ぜて殺すほうが驚きである。そんなことをするぐらいなら、普通に殴り殺すだろう。

そんな師匠の贈り物を疑うのは、それなりに勇気のいることである。断ったら、怒るかもしれないし。

それを抜きにしても、蟠桃からは食欲をそそられる匂いが溢れている。

食べすぎると死ぬ。そういう果物だと分かった上でも、人はこれを食べてしまうのではないだろうか。

誰もが匂いに負けて無言で口に運び、咀嚼《そしゃく》し、飲み込んでいく。

さて、俺も食べよう。給仕の人の分も師匠は用意していたし、俺も食べなければ失礼であった。

「ふむ」

食欲のない俺にとって、食事というのは楽しいものではない。美味しいものを食べてお腹がいっぱいになる喜びなど、既に忘れて久しい。

その分空腹の苦しみも忘れているのだが、どちらがいいのかの判断もできなかった。

なぜか悲しい気分になっているのだが、それはそれとして蟠桃の効果は実感できる。

食べた俺の体に、濃厚な仙気が駆け巡っている。それは他の人も同様で、急速に生命力が満ちあふれていた。

ふと周りの人たちを見れば、無言で幸せに浸っていた。たったひと切れ食べただけで幸福な気分にするとは、素晴らしい美味なのだろう。

だが俺はそれを味わえなかった。損をしている気分になっているし、共感できないので疎外感もあった。

「まあ……」

余韻に浸っていたシェットお姉さんが、蟠桃の薬効に気付いた。

自分の肌を自分で触って、その弾力に驚いている。期待したとおりに、彼女の肉体は瑞々しさを取り戻していた。

それは他の人も同様で、男女を問わず肌艶がよくなっている。もちろん肌がよくなっているのは文字通り表面的な効果で、臓腑や血管に至るまで新品のようになっていた。

ちなみに、俺や師匠は常にそうである。

長い年月をかけて鍛えて得られた不老の肉体に、少し食べただけで一時的でも近づくとは、蟠桃とはすごいものだ。

「まあ、まあ、まあ！」

期待通り、それ以上の効果が得られたシェットお姉さんは、ものすごく嬉しそうにはしゃいでいた。他の誰もが同じようになっているので目立っていないが、それでもこの場にいる面々を考えればものすごい恥ずかしいことである。

とはいえ、段々と落ち着きは取り戻されていった。

心身に力がみなぎっている、疲労や倦怠感がなくなっている。その事実を体感し戦慄さえしていた。

冷静になった俗人たちは、改めて師匠を見る。

「なるほど、素晴らしい効果ですな……」

代表である国王陛下が、畏怖《いふ》しながらも素直な感想を口にしていた。

万病の薬といえば誰でも使いそうな宣伝文句だったが、本当に体を若返らせる果実が実在するというのは驚きだろう。

　これの効果を実感すれば、失った肉体を取り戻せる人参果に関しても疑わないだろう。

　それを言い出せば俺や師匠が、本当に不老長寿だということのほうが驚きなのかもしれないが。

「儂が作れるものの中では、一番俗人が喜ぶものだ。多くの者がこれを欲したものだぞ」

　お詫びの品を喜んでもらえて、安心しつつもうれしそうな師匠。

　その師匠が言うように、多くの人が求めそうな品である。隣で喜んでいるシェットお姉さんを見る限り、女性は特に欲しがりそうだ。

「でしょうな……」

　老人と言うには若いけれども、体の衰えを感じる年齢の国王陛下は師匠に同調する。

「然りよ、昔深山にこもって蟠桃を練っておった時、深山を縄張りとしている国の女王が使いをよこしてな。蟠桃を不老長寿の妙薬と勘違いして、儂によこすように言ってきてのう。女王の縄張りに入ったのは儂であるし、そこそこ数も作れたので半分ほどくれてやったのじゃ。女王の望む効果はあったが、何を勘違いしたのか儂にもっとよこすように言ってきてな。さすがに全部はやれぬし、そもそももう一度作るには数年かかると言ったのに、信じんでなあ……」

　なるほど、有効であるだけにそんなトラブルが発生したのか。

「最終的にその国を滅ぼしたが、女性が艶にこだわることも、男子が剣にこだわることと変わらぬのだな」

思ったよりも深刻なトラブルだったらしい（過去形）。

国王陛下も、思った以上のことに言葉がなかった。

「ああ、もちろん女王だけではなく、男の王も求めていたぞ。自分が食うだけではなく、妻や娘に食わせるためにな。薬効があっただけに儂を引き留めようとして、結果的に同じことになったが」

ものすごく他人事のように話しているが、実際には他人事だと思っているのではない。喧嘩を売ったのだから、滅ぼされても文句は言えないと思っているのだろう。

その点は、俺も同じような考えである。

「この世に滅びぬものなどあるものかよ。肌艶に執着するならば、酒気を断ち雑穀を食《は》み、よく眠りよく働けばよいものを」

適度な運動をしてバランスの良い食事をすれば、健康になれる。

そんな当たり前のことを言っても、人間社会では成立しない。

「まあそれを言い出せば、斬られた傷を治す術を学ぶよりも、そも剣で戦うなというようなもの。武に興じた儂が言っても何にもなるまい」

陽気に笑う師匠だが、他の人は笑うに笑えなかった。

「なるほど……貴殿が数多《あまた》の国を滅ぼしたという話、その理由の一端を見ました」

国王陛下は慄《おのの》きつつも納得した。

今も昔も、師匠は好んで国家を滅ぼすような真似はしない。多分。

国を滅ぼすことになった理由の一端として、有用性の高い術を習得していることが大きい。

師匠に蟠桃を全部よこせと言った女王もそうだが、この間のシェットお姉さんを見るに、ある程度の女性は師匠の若さを欲しがるだろう。

なまじ本当に効果があるものを作れるからこそ、求められ欲され、掌中に独占しようとするのだ。

権力者であればあるほど、その傾向は強いに違いない。少なくともドミノの亡命貴族なら、同じような結論に至ると思われる。

ただ師匠の場合、一国すら歯牙《しが》にもかけないほど強い。一国の君主が師匠を求めて軍隊を動かしても、その軍隊を皆殺しにして余りあるほど強いのだ。

だから結果として、国家が滅ぶことになったのだろう。もちろん、それが全部ではないだろうが。

とはいえ、このアルカナ王国でそれが起こることはあるまい。師匠の有用性を知る前に、師匠のでたらめな強さを知っているのだから。

「まあそう怖がられても不本意じゃ、儂はこの国を滅ぼす気なぞない。これは近づきのしるしでもなんでもなく、詫びの品なのじゃから気持ちよく受け取ってほしいのう」

なによりも、師匠はアルカナ王国へ根拠のある負い目を抱いている。損得勘定を抜きに行動する師匠にとっては、服従して永遠の忠誠を誓え、とでも言わない限り大体従うだろう。

大昔の女王は作った蟠桃を全部よこせと言って怒らせたらしいが、今回の場合師匠は最初から全部アルカナ王国に渡すつもりで作っていたらしいし。

「ああ、そうそうそういえば」

そんなことを考えていると、師匠が俺のほうを見た。

というか、俺とブロワを見た。

「実は仙人の師にあるまじきことだが、肝心なことを忘れておった」

今回とは別の件で罪悪感を持っているらしい。一体何を忘れていたのだろうか。

「サンスイ」

「はい」

「お主、性欲がないであろう?」

真昼間から何を言い出すのだろうか、性欲は忘れても恥は忘れないでいただきたい。

「ないです」

とはいえ、ここで話をそらしても仕方がないので乗ることにした。なお、ブロワはものすごく恥じらっている。お偉い方々やブロワの兄妹もいるので、本当に言わないでほしいことだった。

「確かに行《ぎょう》を積んだ仙人に性欲はない。しかし取り戻すための術もある」

「……え？」

それを聞いて、ブロワが茫然としていた。

なお、俺ものすごく驚いている。

「というか、その術を用いねば、仙人は子を生《な》せぬのだ」

「は？」

師匠の説明を聞いて、ブロワが口から魂が抜けるような声を出していた。

このままだと『できる』わけがなかった。今までの苦悩とか葛藤とかは一体……。

「金丹《きんたん》という術で、肉体の年齢を操作することができるのだが……すまぬな……なにせ『そっち』の効果など忘れて久しくてのう……」

森で一人修行に明け暮れた師匠が、性欲を出す術を忘れても不思議ではない。

というか、若い頃の師匠が性欲旺盛で、そっちの方面にも旺盛だった、というほうが悲しいのでむしろ仕方がないのかもしれない。

「そも、仙人とは自然の気を己が内に取り込むもの。ゆえに自らの肉体を練ることもまた、仙人の術理である」

スイボク師匠は丹田に気を集め始めた。すると師匠の体格が変わっていく。

レインと変わらない程度の子供だった師匠の姿が、見るからに俺より成長していた。ただ大きくなっているのではない、大人になっているのである。

「とまあ、金丹の術を練ると肉体を操作できるわけじゃな。今は体の内側で練り上げたが、体の外側で練り上げれば丸薬の形になる。これを常人が食えば一時の活性化と引き換えに命を落とす猛毒故、扱いには気をつけるようにのう」

「あ、どうも」

大きくなった師匠から小さな丸薬を受け取った。師匠を見上げる日が来るとは、世の中わからないものである。

この金丹という丸薬、見た目こそ何の変哲もないが、師匠の膨大な仙気が込められているという点では蟠桃や人参果と変わらない。

「あの……これを飲んだら、パパも大きくなれるんですか？」

大人の姿になった師匠を、レインが期待のまなざしで見つめている。

「うむ、効果はこの通りだ」

にやりと大人の顔をする師匠。確かに、効果は証明済みである。

「あの、それを飲んだら、サンスイは私のことを女として見てくれるんですか？」

ブロワも同様で、自分よりも背が高くなった師匠に期待をしている。

「それはさすがに保証できん」

悪い意味で大人なことを言う師匠。

「というよりもだ、そこをどうにかしてこそ、女ではないか？」

「そ、そうですね！」

一瞬怯《ひる》んだブロワが、一気に奮起した。

師匠が女性に助言をすると、こういう形になるのか。一種の驚きがあった。

「さて……」

いよいよ飲もうとしている俺を、期待の目で見ているブロワとレイン。

こうも凝視されると、なかなか飲みにくい雰囲気である。

これを飲んだら大人になるというが、大人になることが必ずしも良く働くことはないわけで。

ふと周りを見れば、部屋の中の誰もが興味津々であった。

「では」

飲まないという選択肢もないので、ゴクリと飲んでみる。

味わうもへったくれもなく飲んだそれは、体の中へ吸収されていく。

込められていた膨大な力が、速やかに体の中を巡っていく。冷えていた体が熱されていくのを感じる。

「むむむ……」

これは、悪血《あっけつ》の効果に近いものがあるのかもしれない。

「どうであるか？」

「これは、確かに仙人以外が食べれば死にますね……」

全身に駆け巡る仙気、自然の力。それを俺の体の害にならないように制御しつつ、肉体の状態を観察する。

すると、師匠がそうだったように俺の体も大きくなっていく。

手足が伸びるだけではなく、筋肉までもが太くなっていく。

極めて大きくなったということもなく、一般的な範囲で少し背が高い程度になったところで、成長は止まっていた。

周りを見渡せば、視界が高くなったことで景色も変わっている。周囲からの視線も、明らかに変わっていた。

「あの……師匠、なんか声も変わってませんか？」

「変わっておるな」

「なんかいきなり成長したので落ち着きませんね。効果はどの程度続きますか？」

「明日の朝には戻っているであろうさ」

別に師匠ほど背が低かったわけでもないので、今までもそんなに不満はなかった。大きくなったことが、特別嬉しいということはない。

なのに、なんかブロワやレインからの視線が熱い。二人とも、俺のことを見上げて嬉しそうにしている。

そう、今の俺はブロワよりも背が高くなっていた。

「これが本当のサンスイ……」

「これが本当のパパ……」

薬物を使って得た偽りの成長を見て、ブロワとレインが嬉しそうにしている。

偽りの姿に見惚れられると、逆に男子としての自信を失うのだが。

「なあ、サンスイ！　私のことを見てどう思う？」

周囲のことを忘れて、ブロワが積極的に来た。

先ほどまではブロワに対して、綺麗だと思ってはいた。しかしそれは、自然の野花を見て美しいと思う程度でしかない。

しかし今の俺は、久方ぶりに胸の鼓動の高鳴りを感じていた。

「おお……」

俺は自分の内側の変化に、戸惑いつつも切なさを覚える。

懐かしい、この感覚は……。

「ブロワ、こんなことを言ったら怒るかもしれないが」

「な、なんだ！」

俺のことを見上げているブロワは、何かを期待している。とてもではないが、怒るかもしれない、という前置きを聞いているふうではない。

「ものすごく」

「ものすごく!?」

「腹が減った」

俺の腹から、あり得ないほど大きな音が出た。明らかに、空腹を周囲へ伝えている。

そう、この切なさは、疑いの余地がなく空腹だった。俺は五百年ぶりに、飢餓感を取り戻したのである。

「は？」

ブロワに対して性欲を抱いていないわけではないが、生命の危機を覚えるほどに空腹でそれどころではなかった。

「こんなにも弱々しいサンスイは初めて見たな」

俺がお腹を空かせているところを見て、お兄様が思わずつぶやいた。実際のところ、お腹が空いてめまいまでしている。

欲を取り戻すということは、飢えて乾く。そういうことなのだろう。

「サンスイ……」

「パパ……」

ものすごくがっかりしている二人には申し訳ないが、それを取り繕うこともできないほどお腹が空いていた。

「ぬう……修行が足りんな」

「すみません……」

どうやら金丹を使っても、空腹を抑えることはできるらしい。今後はそうならないように、気をつけるとしよう。

「まあいきなりやってうまくいかない、というのも経験ではある。伸びた手足に慣れねば、下らぬことで不覚を取りかねん」

先ほどは見上げていた師匠の顔が、俺と同じ目線になっていた。

「メシを食ってきたら、儂のところへ来い。久しぶりに稽古をつけてやろう」

王宮にいるのが、全員貴族や王族であるわけもない。身分の差は当然あり、それに応じて食堂も複数存在する。

その中でも中間ぐらいに位置する食堂で、俺達は昼飯を食っていた。

旅行中は何度も家族で食事をしていたのだが、何分食欲がなかったのでそんなに美味しくは頂いていなかった。

なのである意味では、これがこの世界で初めてのちゃんとした食事なのかもしれない。

「ふぅ……食った食った……」

五百年ぶりの食事だからといって、五百年分食べるということはなかった。普通の成人男性が食べる分で満腹になり、満足できた。

「……すごいな、サンスイが普通の男のようだ」

「うん……パパが普通だ」

レインもブロワも、俺が飯を食っているだけで驚いている。それどころか、一種感動さえしていた。確かに食事をしない夫や父親というのは、さぞ不気味だろう。価値観が共有できてないわけだし。

しかし改めて仙人になったんだなあと実感する。つい先ほどまでは、生物として当たり前の感覚を完全に忘れていたのだから。

「ところで……ブロワ、さっきの話じゃないんだが、今の俺はどうなんだ？」

「ものすごく格好いいぞ！」

「うん！　パパ格好いい！」

偽りの姿を直球で褒めてもらえても、俺はちっとも嬉しくなかった。

もしかして二人とも、俺のことが嫌いだったのではないだろうか。ありのままの俺を、もっと直視してほしい。

とはいえ、その不満がわからないでもない。それが俺の辛いところだ。

俺だってブロワがずっと小さい子供のままだったり、レインがいつまでたっても赤ん坊のままだったら、嫌いにはならないまでも不満には思ってしまうだろう。

二人とも、俺のことが嫌いじゃないとしても、不満には思っていたのだ。

というかよく考えなくても、今までの俺の姿が好きというのも、それはそれで嫌な話だし。

「そうか……」

解決する気もなかったことが解決してしまった。俺はどうでもよかったし、むしろ二人がこの姿を好きになっていることが嫌なのだが、二人が喜んでいるのならいいことだろう。

そうそう、解決と言えばシェットお姉さんである。

「はあ……見て、ヒータ、ブロワ、ライヤ……私の肌、綺麗でしょう？」

期待通りの成果を得られたシェットお姉さんは、食事に手もつけずに悦に入《い》っていた。

彼女は儚い望みにかけてこの地へ来て、実際に幸運に与《あずか》れたのだ。奇跡が起こったようなものだろう。

まあ、何の労力も払っていないのだが。

「姉さん……恥ずかしいからやめてくれ」

「お姉様、言っておくけど私たちも全員そうよ？」

ものすごい優越感に浸りながら、人目のある場所で自分の肌をなでまくっている女性。それが自分たちの姉なのだから、ものすごく恥ずかしいだろう。

「あら、そんなこと……あるわね」

ライヤちゃんが言うように、この場の六人は全員蟠桃《ばんとう》を食べている。レインやライヤちゃんのような小さい子は当然のこと、ヒータお兄さんでさえお肌がつるつるだった。

「……」

まるで夢から醒めたように、がっかりしてしまうシェットお姉さん。

拗《す》ねたような顔をして、自分の肌を触るのをやめてしまった。

やっぱり妬《ねた》まれなければ、面白くないのだろう。気持ちはわかるし先日よりはましになっているが、ものすごく素直な人だった。

「まったくお姉様にも困ったものだわ。旦那さんも甥っ子姪っ子も困っているわよ」

「……」

ライヤちゃんの当たり前すぎる発言には耳が痛いらしく、そっぽを向いたシェットお姉さん。

確かに、相当ひどい話ではある。

「しかし……正直信じられませんよ。先ほどまで私は、国王陛下や四大貴族の当主様の前にいたのですね」

話題を切り替えるヒータお兄さんに、俺達も乗ることにした。

「私は自分の器量を知ったよ、あの場にいるだけで息が止まりそうだった。ブロワはいつもあの場にいたのだろう、心が休まらなかったのではないか？」

「ええ、その通りですお兄様。私はサンスイと違って社交の場にも同行していたのですが、粗相をしないようにするので必死でした」

「うむ……羨むどころではないな、すまない」

アルカナ王国で一番偉い人たちがそろった場に、ソペード傘下の地方領主の娘如きがいるのだ。これはその状況を楽しむどころではない。

自分の存在感を消して、何事も起こらないことを願うばかりだろう。

それはヒータお兄さんも同様だった。羨ましい場所ではあるのだろうが、実際に行ってみると楽しいわけもない。

「苦労をかけたな……」

今更のように、ヒータお兄さんは謝っていた。非常に今更ではあるが、お兄さんはブロワが羨ましいと思えなくなっていたのだ。

「お兄様……」

ブロワは自分の兄と共感できて、とても嬉しそうである。やはり価値観が共有されると、人間は喜びを感じるのだ。

「ねえパパ、お師匠様はまだ何か作ってあるみたいだったね」

「ああ、師匠があんなにも多芸だったのには、弟子ながら本当に驚いた」

この場の誰も、さすがに空気を読んで、絶対に口にしないことがある。

あの場所にいたアルカナ王国の権力者たちでさえ、師匠一人に怯《おび》えていたという事実だ。

アルカナ王国の権力者様方はとても優秀で真面目で、尊敬できる面が多い。その方々だからこそ、師匠に対して恐怖を感じていた。

「しかし、それは良いことだ。師匠があの手のことができなかったら、どうやってアルカナ王国へお詫びをしていたのかわからない」

師匠の場合、周辺一帯の国家を根こそぎ滅ぼしてくれと言われても、余裕でできてしまう。

天地を操る力があれば、普通にできてしまうことだ。

滅ぼすなどという極端な例に走るまでもなく、支配するための実行力になってくれと言われても応じてしまうかもしれない。

それに比べれば、貴人が求めるような薬効のある果実、というのは相対的に穏やかである。

「でもさあ、パパ。その格好はすごいよね！」

妻と娘からの視線が痛い。

やはり妻や娘は、最強の剣士よりも普通の父親を求めるのか。

「まったくだ、この間お会いしに行った時にいただければもっと良かったんだが……」

楽しそうに不満を言うブロワ。その点に関しては、師匠も同じことを考えているのだろう。

実際、その点でも謝っていたし。

「これでレインに妹や弟を作れるな！」

「……」

俺はそれを聞いて、顔が少し赤くなった。

「パパ！」

「サンスイ！」

それを見て、レインとブロワがとても嬉しそうにしていた。

こんな些細なことで喜べるだなんて、俺は今まで彼女たちにどれだけの我慢を強いていたのだろうか。

なんで俺が恥ずかしくて顔を赤くしただけで喜ぶんだろう。

「夫婦円満でなによりね、ブロワ」

「はい、お姉様」

とはいえ、悪い話ではないのだろう。俺が欲を取り戻したことを、シェットお姉さんが喜んでくれた。

その点に関しては、既に嫁いでいるシェットお姉さんのほうがシビアなのかもしれない。

個人としてではなく家と家の関係というのは、この世界だからこそ重いのだろう。

俺がおかしいのであって、普通は役目を引き継いでいくものだからな。

「ところでサンスイさん」

「はい、なんでしょうか」

「仙人ではなく普通の人間でも若返ることができる薬……ありますよね？」

人間の欲望に底なんてないのかもしれない。

いや、ないのかもしれないが、あったほうがいいな。

もう完全に、自分が若返ることができると確信しているシェットお姉さん。その表情は、ものすごく図々しい満面の笑顔だった。

「やっぱり若返りの手段なんて、ないほうがよかったわね」

ライヤちゃんがつぶやくように、果てしなく求め続けるシェットお姉さん。

多分実際に若返ることができたとしたら、さらに図々しいお願いをしてくるんだろうなあ。

背を高くしてほしいとか低くしてほしいとか、肉を多くしてほしいとか少なくしてほしいとか。

そういう勝手な願いに比べれば、ブロワやレインが俺へ求めているのは慎ましいことなのかもしれない。

「ま、まあとにかく、素晴らしい品でしたね！　できれば我が家にも一枚かませていただきたいところですが……」

ごまかすように、ヒータお兄さんが蟠桃のことを褒めた。

「あはは！　お兄様、アレをウチが管理できると思っているの？　バカねえ、無理に決まっているじゃない！　王様たちが直接管理するに決まってるわ！」

「ははは！　まったくだな！」

ライヤちゃんから猛烈な勢いで否定されても、ヒータお兄さんは軽く笑うだけだった。

見るからに、兄妹の呼吸を合わせた小芝居である。

「よろしければ、私にだけ、それをお願いできないかしら？」

そしてそれを無視する、一番上の姉。

節度が必要なのは、誰よりも彼女なのではないだろうか。

「で、では私は一旦師匠の元へ向かいます。この体にも慣れておきたいので……！」

「あら、それじゃあお願いしますね」

この人が身内になる。その事実が、今更ながら重く感じられた。

自らが労力を払わずに、成果だけ求めるのはいかがなものだろうか。

×　×　×

王宮の中にある、草花や木の植えられた中庭。普段は王族やそれに近い身分の貴人の、憩いの場になっているであろう区域である。

庭師や衛兵もいないそこで、師匠は待っていた。

「サンスイ」

「師匠」

大人の姿になったとしても、師匠は普段通りだった。見間違えることもなく、俺は師匠を見つけた。

「……立派になったな」

お褒めの言葉を頂くが、体格のことではない。この成長した姿は師匠の術によるもので、俺は本当に何もしていない。

嬉しそうに笑う師匠が褒めているのは、間違いなく俺自身の成長ではないだろう。

「お前の弟子が我が友と戦うところを見た、サイガもトオンも素晴らしい使い手になっていた」

以前師匠へ挨拶をしに行った、トオンと祭我。その二人が強くなっていたこと、俺の指導による上達を褒めていた。

「凶憑《まがつ》きもおったな、狂気に呑まれず正しく戦っていた」

「ランに関しては、俺は何もしていませんよ」

「そう嫌ってやるな、ずいぶんと健気に頑張っていたぞ」

師匠は小さく笑って、先日の戦いに思いをはせていた。

「……救われた。お前に、お前の指導を受けた者たちに」

俺は師匠から『老い』を感じた。人生に満足した、老成した雰囲気を出している。

「儂《わし》はあまりにも多くの罪を重ねてきた。そして勝手に引きこもったあげく、己の恩人である兄さえ手にかけた」

後悔があり、無念があった。だがその一方で、表情には安堵があった。

「お前も感じたであろう、雲に交じった我が友の怨嗟《えんさ》を」

「はい、心の病を感じました」

「儂が悪いのだ」

そうだろう、何の疑問も交えずに確信できる。

一度会っただけの神宝《カンダカラ》たちが、千年以上たっても師匠を恨んでいた。であれば修行を共にした師匠の同門が、どれだけ師匠を憎んでいるのかなど想像もしたくない。

いいや、俺は実際に感じた。積み上げられた暗雲にこもっている、地層にも匹敵する膨大な憎悪を。

「儂はこの世に害悪をまき散らし続けた。それに気付いた時、もはや森にこもるほかないと思うほどに」

自分が間違っていたと認めた師匠は、誰ともかかわらない道を選んだ。

もしかしたら、森にこもろうと思ったその時すでに、無自覚にそうしようと思っていたのかもしれない。

「儂は世に出るべきではない、凶憑きなどよりもよほど自制のできぬ乱暴者だ。それを……我が友はずっと昔から教えてくれていたというのに……儂は己より弱い友を見下し、蔑《さげす》み、その口から出る言葉を負け惜しみとしか思えなかった……」

師匠の後悔は、とても深かった。

「もっと早く……世に出る前に、友に言われたことを受け入れてさえいれば……少なくとも、害悪をまき散らすことだけはなかった」

いっそ、求道の果てにたどり着いた答えだったならよかったのだろう。

だが師匠の求めていた答えは、修行時代にすでに傍にあったものだった。

師匠の凶行は、師匠自身にさえなにももたらさなかった。

「その儂が、救われた。サンスイ、お前は儂の理想だ」

その成果を、俺は一身に受け取っている。

「お前には儂の理想を押し付けた、それは悪いと思っている。成果の出にくい、成長の実感が乏しい、面白くもない日々を過ごさせた……」

「……ですが、それは正しかった。俺はそう思います」

修行がどれだけつまらなくて面白くなくて、ただ積み重ねるだけの日々だったとしても。

それでも、それは俺だけの苦しみだった。他の誰かが、俺の修行で苦しんだことはない。

俺自身がどれだけ苦しかったとしても、世間に迷惑はかけていなかった。不必要な犠牲を経験した師匠の胸の内は、今ならばわかることだ。

「教えが正しかったところで、お前が正しく振る舞わなければそれまでだ。サンスイ、お前は自分で自分を正しく振る舞わせたのだ」

師匠自身にも師匠はいた。師匠は自分の過ちの責任が自分にだけあると言い、己の指導者の責任ではないと語る。

であれば俺の成功も、俺自身の成果だと思いたいのだろう。

「……儂は、才に恵まれ、師に恵まれ、友に恵まれ、剣に恵まれ、弟子に恵まれた」

師匠は腰の木刀に手を伸ばした。そして俺も、それに合わせて手を木刀に添える。

「サンスイ……お前の師であることこそが、儂の誇りだ。よくぞ我が修練に耐え、それを血肉とし、結実させた」

あまりにもゆっくりと、俺達は木刀を抜いた。

「稽古をつけてやろう」

俺達は、中段で木刀を向け合う。

「そういえばサンスイ」

「はい」

「考えてみれば、お前と戦うのはこれが初めてだな」

静かな中庭で、俺達は向き合っていた。俺は人生で初めて、自分より強い敵と対峙する。

本来なら静かに過ごすべき王宮の中庭で、剣が振るわれようとしていた。

「では、やるか」

「はい、よろしくお願いします」

金丹《きんたん》によって強化された、今の自分の身体能力を確認する。それはとても必要なことで、なるべく早めに行う必要があった。

この試合には、そういう意義がある。

「……」

それにしても分かり切った話ではあったが、師匠は剣技一つとっても俺より上だった。構えているだけでも、その実力が分かってしまう。

今まで俺が戦ってきた相手と違って、どこにどう打ち込んでも当てられる気がしない。

これが師匠や俺と戦ってきた人の感覚なのだろう。そう思うと、少し申し訳ない気分になる。

だがそれでも剣を交えないわけにはいかなかった、俺は師匠よりも先に自分から動く。

剣を大きく振りかぶり、そのまま振り下ろす。飛びかかることなく、ただ普通に踏み込みながら打ち込む。

「うむ」

師匠は俺の剣を受けながら、しかし剣筋に乱れがあることを見抜いていた。それは俺自身も同じで、成長した体を十分に使いこなせていないと分かる。

五百年変わらなかった体格がいきなり変わったのだ、当たり前だろう。よって、驚くべきことではない。これから修正するべき、修行の課題でしかない。

「ふっ……」

「ぬ」

俺は修正しながら木刀を振るい、師匠は下がりながら木刀で受け止める。

回避することも弾くこともできる上で、あえて力で受けていた。

ただの試合だからこそ、体の試運転だからこそ、師匠は俺を受け止めたのだ。

師匠の気遣いに、俺は温かさを感じる。

未熟なりに指導者を務めていた俺にとっては、剣を交えながら指導を受けるのは新鮮な感覚だ。正直に言って、とても楽しくて嬉しい。

「サンスイ。若い頃の儂は、勝利だけを求めた。なぜかわかるか？」

俺は押し切るべく力を込めて、体重を乗せていった。

師匠はそれをあえて受け続けている。

「どんな相手にも勝ちたかったからですね」

言葉を交えながらでも、剣を交える。俺と師匠にとっては、特になんということはないことだった。

「その通りだ」

ここが限界、というところで師匠が俺の木刀を斜めに逃がす。

体重を込めていた関係で、俺は前につんのめった。

「敗北を恐れ、必勝を求める未熟さだ」

俺の体勢を崩させた師匠は、逆に俺へ斬り込む。

木刀での防御が間に合わないと判断した俺は、木刀を振りぬいたままあえて間合いを詰める。

師匠の木刀の間合いの内側に飛び込み、体で押し込んだ。

「勝利を求める心は、弱さだった」

今の俺は、剣を振りかぶっている師匠の懐に飛び込んでいた。お互いに木刀を振ることができず、さりとて素手で打つこともできない。取っ組み合いに近い間合いだった。

最善の手を探れば、木刀を手放して組み付くべきなのだろう。それはそれで、間違いではない。だがこれは、あくまでも試合だった。

俺と師匠は、互いに後ろへ下がって距離を作る。仕切り直して再び剣の間合いに戻った。

「かつての儂は、剣の技とは相手を斬り殺すことにあると思っていた。なぜだと思う？」

互いに段に構え合う、俺達は完全に仕切り直した。

「殺したくなかった相手を殺したことを、失敗と思いたくなかったからですね」

二人の木刀の切っ先が重なり、それによって間合いを探る。

自分の腕の長さを再確認しながら、俺は木刀を突き込んだ。狙いは正中線、鳩尾《みぞおち》である。

「そうだ。儂は向上心を持ちながらも、今の己が弱いとは思いたくなかった」

師匠は肘を曲げながら木刀を縦にする。まっすぐ進む俺の木刀を横から押して、軌道をそらした。てこの原理である。

俺の木刀は俺自身から離れており、師匠の木刀は師匠自身に近かった。その分簡単にずらせたのである。

「殺し合いをしながらも、殺したくないと思ってしまうほどの剣士が何人もいた。だがそういう相手こそ、殺さずに倒すことが難しかった」

体が伸び切った俺に対して、師匠は再度打ち込もうとする。今度は間合いが遠いので、さっきと同じ回避はできない。

俺は踏み込んだ足を引きながら、木刀を横にして頭を守る。師匠の木刀を、力で受けていた。

いいや、力で受けざるを得なかった。俺はいままで技で戦ってきたが、俺以上の技を持つ師匠には力も使わざるを得なかった。

「殺してしまったことを、失敗だと思いたくなかった。殺したくなかった相手を殺したことを、当たり前のことだと諦めていた。ただの理でしかないのだと、自分を騙していたのだ」

師匠はそこから力で押すことなく、すぐに振りかぶりなおし、前に進みながら打ち込んでくる。

「殺したくない相手を殺してしまうことは、どうしようもなく未熟だというのに」

少々雑に思える連続の打撃を、俺は後ろに下がりながら確実に木刀で防いでいた。

「かつての儂は、様々な剣を試みた。ある時は一太刀で斬り伏せること、ある時は相手の手の内を読み切ること。なぜだと思う？」

師匠に圧《お》される形で下がっていた俺は、中庭の通路の、縁石にかかとをぶつけた。

それを『場外』ということにしたのだろう、師匠は攻め手を止めた。

これ以上俺を下がらせれば、せっかく手入れの行き届いた庭を踏み荒らすことになってしまう。

「失敗が怖かったんですね」

だからこそ、師匠は止まる。俺も止まる。

「然りである」

まるで踊りをするように、俺達は歩調を合わせて最初の位置へ戻っていく。

「如何なる防御をも破る一振りも、誘いや崩しを重ねて詰みに嵌《は》めることも、つまりは他のことになると仕損じるのではないかという不安が求めるもの」

勝ち負けのない剣の交差は、問答と共に進む。その行き着く先を、俺は読み切れなかった。

師匠は果たして、俺に何を伝えようとしているのだろう。

「人は惑う。己の失態を危ぶむからこそ、二つ以上の選択肢を恐れる。不惑とは一つの答えを得ることではない、如何なる流れも間違えないと信じられるほどに己を鍛えることにある」

師匠の雰囲気が変わった。この怒りに似た感情を、俺はよく味わっている。

お嬢様やお兄様、お父様が、俺に対して抱く不満の色と同じものだ。

「お前が指導しているサイガやトオン、ランを見た」

「はい」

「お前は教えるのがとても上手だな」

師匠が打ち込んでくる、だがそれは仙術を併用した剣だった。

「重身功《じゅうしんこう》」

重量を込めた木刀を、上段から打ち込んでくる。

これは、先ほどまでの防御では守れない。俺は通常の防御、柄だけを持った防御を捨てた。

まるで棒を持つように木刀の両端を握って頭を守るが、それでは足りない。このまま師匠の打ち込みが最も威力の出る間合いで受ければ、守り切れない可能性がある。

やや間合いを詰めて威力を多少減衰させるが、それでもだんだんと押しつぶされていく。師匠は体格による力ではなく、仙術による重みで押し切ろうとしてくる。

「はるかに強いはずの我が友を相手に、優勢どころか圧倒していた。誰もが剣の心を持って、互いを支え合っていた」

師匠は俺を押し込みながら、間合いを詰めてくる。切っ先でさえ重かった木刀は、根元に近づくにつれさらに重くなっていった。

「三人とも、才気にあふれていますからね」

なんとか返事はできるが、肉体的には余裕がない。必死で木刀を支えている俺の目の前には、木刀の柄を握っている師匠の両手がある。

師匠は木刀を握ったままの両手で、俺の顔面に打ち込んでくる。

「無論、誰もが不惑には程遠い。優勢が崩れるや否や、その未熟を晒《さら》していた。我が友はおろか、お前にも及ぶまい」

俺はそれを額で受ける。木刀を握った師匠の拳が、俺の額を割って出血させる。

「だが、直にお前へ手が届く。背伸びをし、跳びはねれば指先がかする」

師匠の木刀の角度が変わり、圧しつぶす体勢から前に押す体勢に変わった。

俺はその隙に立ち上がり、鍔《つば》ぜり合いに持ち込む。上から下へ押し込まれる状況よりは、多少なり改善されていた。

「いいことです。彼らが私の境地に近づきつつある証拠」

「然り。それでこそ生きた剣、であると言える」

お互いに両手がふさがっており、間合いも極めて近い。

この拮抗状態は、あまり良いとは言えない。やはり師匠の重さは、前から押されるだけでも脅威だった。

「お前は俗世での役割を果たし、儂の剣を伝えるという悲願も果たしてくれた」

鍔ぜり合いに負けた俺は、後ろへ飛ばされる。

もしもここで撃ち込まれれば、俺はうまく受けられる気がしなかった。

「お前は惜しみなく教え、正しく導いた。だが、己自身がおろそかになっている」

軽身功《けいしんこう》によって体を軽くした俺は、縁石の上にふわりと立った。

それを見た師匠は、木刀を腰に収める。師匠は、俺に見せたいものを見せたのだ。

軽身功と対を成すであろう、体を重くする重身功。まだ習得していない術を師匠が使っただけで、俺はあっさりと負けていたのだ。

「お前は剣の師だ、正しく教えるだけでは足りぬ」

師匠に割られた額から血が流れて、俺の唇に届いた。

「弟子を育て己を超えるための道を作り、その上で超えられまいと自己を高めるのだ」

木刀を収めた師匠に対して、負けた俺はまだ木刀を握っていた。

負けた、そう負けた。俺は負けたのだ。

「儂の理念は、戦いを好む者同士が高め合える関係になること。ただ与えるだけでは、高め合うとは言わん」

「私は……自分のことがおろそかになっていましたか？」

俺は事あるごとに、師匠に劣ると言い続けてきた。どれだけの相手を倒しても、自分の剣技が優れていると分かっても、師匠には及ばないと分かっていたがゆえに。

だがそれは、ただの言い訳だったのではないか。

自分が未熟で修行の余地があると知っていたのなら、弟子を鍛えつつも己を鍛えるべきだったのではないか。

未熟だ未熟だと言っておきながら、結局現状を維持していただけ。それは甘んじているだけの怠惰ではないか。

ただ剣技を磨くだけではなく、仙術もまた学ぶべきだったのではないか。

「俺は……師匠に教えを乞いに行くべきだったのでしょうか」

レインを育てるまで帰ってくるなと、俺は師匠に言われていた。だがその言いつけは、果たしてそこまで大事だったのだろうか。

弟子を取り成長を喜ぶだけではなく、己も負けじと成長をするべきであり、そのためには師匠へ頭を下げに行くべきだったのではないか。

「然り。己を目指す弟子の見本たらんとするならば、何よりもまず弟子に負けぬよう高めるのだ。それが弟子への……今を生きる剣士への、最低限の義理だ」

俺は……今という時間を、師匠の元へ帰るまでの回り道だとでも思っていたのだろうか。

目の前にいる彼らを、レインやブロワさえも、軽く見ていたのだろうか。

「お前にとっての最強とは、誰にも負けたくない、であろう？　意地を張れ、嫉妬しろ、奮起せよ。言い訳をするな、最強にしがみつけ」

初めての敗北、初めての流血よりも、今までの日々に対する怠け心に気付いたことが苦しくあった。

「競い合うから剣は、楽しい。そうですね、師匠」

「然りである」

だが落ち込んでいる場合ではない。俺はこれから、さらに強くならなければならないのだから。

反応

初めて師匠と試合をして、勉強をさせてもらった。

体の勝手を慣らすだけではなく、剣の道まで説いていただいた。

やはりスイボク師匠は、剣士としても仙人としても偉大なお人である。人間的にはどうかと思うところもあるのだろうが、弟子としては本当に尊敬している。

俺一人しか幸せにしていない気もするが、それは俺が師匠へ感謝しない理由にはならない。

大体俺だって死神とか晒《さら》し首とか呼ばれているので、悪名という意味ではどっこいどっこいである。

「さて、これでよかろう。仙人の体に傷はそうそう残らんし、放っておいてもよかったのじゃがな」

師匠は俺の額を止血し、上から包帯を巻いてくれた。

普通ならここで『昔も師匠にこうやって止血してもらったなあ』と思うところなのかもしれないが、あいにく俺は長い修行時代でもこうしてもらったことがない。

そもそも師匠の処置が早すぎて、そうした感慨に浸る暇もなかった。

「ありがとうございます」

「ふっ……老いぼれの長話に付き合わせて悪かったな」

嬉しそうに笑うスイボク師匠は、照れながら背を向けた。

「お前の嫁を待たせているのであろう、すぐに戻るとしよう」

「そ、そうですね……」

師匠から嫁うんぬん言われると、小恥ずかしいものがある。

普段はこんなこともないので、これも金丹《きんたん》の作用だろうか。だとしたら今の俺は、特殊な薬物によって興奮状態になっているということだった。

文章にすると本当に怖くなってくるが、よく考えたら俺自身が普段から不老長寿の化け物である。人間、当たり前のことほど忘れがちになってしまう。

「道中、お主の話を聞かせてくれんか？」

「はい……いろいろと言えないことも多いのですが……」

「ははは！　そんなことは気にせんでいい！」

俺も師匠も、やろうと思えば王宮から一気に移動できる。

しかしそんなことをしたら王家にケンカを売ることになってしまうので、俺達はのんびりと話をしながら歩くことにした。

なんだかんだ言って、師匠とのこういう時間も初めてのような気がする。

俺の人生五百年は、本当に中身がない日々だったんだなあ……。

「今の家に雇われるきっかけなのですが、俺がレインを運んでいる時に、馬車をまたいでしまったからなのです」

「ほう……よく殺されなかったな」

「赤ん坊を抱えていたので、急いでいると思ってくれたようです。実際慌てていたのですが、レインに救われましたね」

当たり前だが、王宮には王家に属する兵士や文官がたくさんいる。

その彼らが俺を見て、一度視線を切って、二度見してくる。人によっては、何度も何度も俺を見てくる。

「ぬ……金丹の作用で大きくなっているからかのう？」

最初は俺や師匠に怯《おび》えているのかと思ったが、実際には違うようだ。かといって、俺達が二人とも成人の姿になっていることに驚いている、というわけでもなさそうである。

「もしや師匠、俺が怪我をしているのが珍しいのでは？」

全員が俺の顔を何度も見ていて、その視線は特に額に向けられている気がする。

怪我をしている額ばかりを見られていれば、怪我をしていること自体に驚いていると気付くのは当たり前だった。

「……そうかもしれんな」

俺自身、怪我をしたのは初めてだった。しかし相手が師匠なら、怪我をするのは当たり前である。

だがこの王宮にいる人たちにしてみれば、俺が怪我をしているのは驚くべきことなのかもしれない。

「ぬ……お前の顔に泥を塗ってしまったか？」

師匠が微妙に心苦しそうである。

どんな相手にも無傷で勝ってきた剣聖でも、師であるスイボクには勝てなかった。

そんな噂が、この王宮に立つのかもしれない。

「ははは、そんなことはないですよ」

正直、童顔の剣聖とかアルカナ王国最強の剣士とか、評価が高すぎて負担に思っていたのだ。

この際なので、少々評価が下がってほしい。

他でもない俺自身が、いままでどれだけの人の顔に泥を塗ってきたのかわからない。その俺が気にするほうが、よほど恥知らずだろう。

「無傷にこだわりがあったわけではありませんし、不覚の傷でもありません。師匠も気にしないでください」

「そうか、そう言ってもらえると助かるな」

×　×　×

「何をやっているのかしら、サンスイ」

俺は気にしていなかったが、お嬢様は気にしていた。

屋敷でブロワやレインと一緒に俺を待っていたお嬢様は、俺が怪我をしていることに怒っていた。

「ぬ……すまん」

「いえいえ、スイボク殿は気にしないでください。悪いのは、傷を負ったサンスイです。サンスイが弱いのが悪いのです」

怒っているお嬢様は、師匠でも反論しにくい理屈を出してきた。

確かに怪我をしたのは俺が弱いからなので、弱い俺が悪いというのは正しかった。

「サンスイ、貴方はソペードの武威を背負っているのよ。いくら相手がお師匠様とはいえ怪我を負い、それを晒して王都を歩くとはどういう了見かしら？」

「ぬ……」

「申し訳ありません」

ものすごく苛立たしげなお嬢様は、俺に対してものすごくきつい視線を浴びせていた。

どうやら思った以上に、俺が傷を負ったことは不愉快なことだったようだ。

「ほらごらんなさい。貴方の顔に傷がついたところを見て、ブロワとレインも驚いているわよ？」

お嬢様が言うように、ブロワとレインはものすごく驚いていた。

「な、なぜだサンスイ。スイボク殿は、素振りの稽古しかつけないんじゃないのか」

「いや、今日は新しい段階に進めていただいた。木刀で試合をしてだな……こうして打ち込まれた」

「なんで今日に限って！」

「そうだよパパ！　ブロワお姉ちゃんは、パパが大人になったのをすごく喜んでたのに！　なんで怪我して帰ってきちゃうの！」

「見た目だけ大人になっても、中身は子供のままなのねえ」

レインからの苦情も痛いが、お嬢様の言葉も痛い。五百年以上生きていると知っている人から、頭が子供だと言われてしまった。

普段から俺は子供扱いされているということだろうか、行状を検《あらた》めなければならないようである。

「はぁ……がっかりだわ、サンスイ」

お嬢様は、本当に落胆している。

俺に対して文句を言い終えると、ものすごく悲しそうな、むなしそうな顔になっていた。

「顔も見たくないわ、しばらく表に出ていなさい。そうね、トオンがサイガたちと一緒に学園近くで待っているわ、そっちでもその顔を見せてきたら？　男同士なら、その情けない顔も慰めてくれるかもしれないわね」

それっきり、お嬢様は黙ってしまった。もはや口もききたくないらしい。

俺と師匠は顔を見合わせて、結局お嬢様の屋敷を後にしたのだった。

×　×　×

お嬢様に言われた通り、学園近くの青空道場に顔を出した。

そこでは俺の生徒たちと、ラン、トオン、祭我が稽古をしていたのだが……。

「何があったんだ、山水!?」

「何があったのですか、サンスイ殿!?」

「おい、嘘だろう!?　お前が、なんで!?」

三人とも俺が大人の姿になっていることよりも、俺が怪我をしていることに驚いていた。

他の生徒たちも、俺の包帯を見て動揺している。自分たちは稽古で傷を負うことがあるのに、俺が傷を負ったことは信じられないようだった。

「ぬ……儂《わし》が稽古をつけてやってな……まあ、うむ、儂が額を割った」

申し訳なさそうに、師匠が説明する。まさか師匠も、ここまで俺が無敵だと思われているとは考えていなかったのだろう。

俺だってそうだったのだ、師匠にわかるわけもない。

「……恐れながら、スイボク殿。なぜ、サンスイ殿へこのような稽古を？」

俺が間違えて怪我をしたのではなく、師匠が意図して怪我をさせたのだと察したトオンは、姿勢を正して聞いてきた。

「スイボク殿ほどのお方が、理由なく痛めつけたとは思えません」

痛めつけるもなにも、額から血が出ているだけなのだが。剣の稽古をしたなら、これぐらいは怪我のうちにも入らない。

しかしそれでも、なにやら高尚な理由があったのだと信じているようだった。トオンだけではなく、祭我たちも同様である。

俺が血を流しただけで、みんな驚きすぎだった。

「無論、理由はあった」

言い訳ではなく、師匠は正当な理由で答える。

特に、この場の面々には重要なことだった。

「トオンよ、お主は我が友フウケイの縮地《しゅくち》を見切ったな？」

「無様に転がって、命を拾っただけです」

「儂はアレを見た時、本当に驚いた。如何に縮地を知っているとはいえ、あれだけ迷いなく動けるとは思っていなかった」

師匠はトオンを褒めている。畏怖《いふ》さえし、心底から賞賛していた。

「我が弟子が仕込んだとはいえ、アレだけ練り上げた我が友と戦えるとは思っていなかった。おそらく、遠からず我が弟子に一太刀浴びせることができるであろう」

「……ありがとうございます」

「ランにしても、サイガにしても、本当に強かった。不完全ながらも、無限遠を体現しておった」

ランも祭我も、師匠から褒められて照れている。

おべっかでも美辞麗句でもなく、本当にすごいと褒められている。それがわかっているから、トオンたちは嬉しそうだった。

もちろん師匠は、それを喜んでいた。

「問題は……我が弟子がそれを完全に喜んでいることである」

じろりと厳しく、師匠は俺をにらんだ。

「トオンよ。我が弟子はな、お前やサイガの成長を素直に喜びすぎていた。これでいいと諦念し達観していたのだ」

「そ、それは……どういう意味でしょうか」

「この馬鹿者はな、この俗世にいる間は奉仕に回ろうと思っておったのだ。自分は未熟であるがゆえに、お前たちが追いついても仕方がないとな。お前たちが生きている間は未熟なままでもいい、お主たちが死に絶えてから儂のいる森に帰って、再度己を高めればいいと思っていたのだ」

　その言葉を聞いて、トオンたちは衝撃を受けているようだった。

「不義理にもほどがある、少なくとも儂は、そうされたら嫌であろうな」

　気まずそうにしている俺を見て、誰もが悲しそうにしている。師匠が言うように、俺は剣の指導者として不義理を働いたようだった。

「最強を志し最強に至り、最強と称えられているのだ。その地位を維持するために、尚強くあろうとすることこそが礼儀と知れ。長命ゆえに好々爺を気取るな、それは見下しているに等しいぞ」

　きつい指摘だった。

　たぶん、今まで師匠に言われた言葉の中で、一番強い言葉である。

「……サンスイ殿」

　その場の全員を代表する形で、トオンが俺を前に膝をついた。

　それは王族であるトオンがやってはならない、あり得ない行動だった。

「私は、スイボク殿の兄弟子と立ち会いました。まるで力が及ばず独力では凌ぐのがやっとでしたが……サンスイ殿の教えがなければ、それさえ叶わなかったでしょう。貴方の指導によって、私はあの場で戦うだけの力を得られたのです」

スイボク師匠の同門、兄弟子。俺は会わなかったが、さぞ強かったのだろう。

それだけの人と戦うことができた、単独でも助けを必要としなかった。それは特別な才能を持たないトオンにとって、とても誇らしいことだったのだろう。

俺が指導したことによってそれだけの力を得られたのであれば、俺のほうが誇らしかった。

「……サンスイ殿がスイボク殿から継いだ剣の技、それは素晴らしいものでした。幸運にもスイボク殿ご本人の戦いを目の当たりにし、より一層サンスイ殿から指導を受けたいと思っておりました」

お嬢様と同じ悲しみが、トオンからにじんでいた。

俺が傷ついたこと、俺が負けてもいいと思っていること、俺がこの時代に強くなることを諦めたことを悲しんでいた。

「サンスイ殿……どうか、どうか。私たちの手を引き導くだけではなく、自らも前に進んでいただきたい。私たちが生きているこの時代で、私たちの壁であってほしいのです！」

気配を感じるまでもなく、周囲の生徒たちは俺を見ていた。誰もが縋《すが》るように、俺へ願いを込めている。

俺に追いつきたいと思っている一方で、俺に強くあってほしいと願う目だった。

俺こそが最強なのだと、信じたい目だった。

「私たちが死んだ後のことなど、今から楽しみにしないでいただきたい！」

悲痛な願いだった。

悲しませているのは、間違いなく俺である。

もしも師匠が俺の前に現れなかったら、俺はいつかトオンや祭我に負けていたのだろうか。

一本取られたことを、心底喜んでいたのだろうか。

だがそれは、俺の喜びであって彼らの喜びではないのかもしれない。

「剣士として幸運があるのなら、それは良き師を得ることなのでしょう」

俺は膝をつき、トオンと目を合わせた。

「もしも師に幸福があるのなら、それは良き弟子を育てたことなのでしょう。私は、その両方に恵まれました」

毎日が幸福すぎて、自分が幸運すぎて、最低限のことを忘れていた。

師匠は俺を指導するだけではなく、己自身を高め続けていた。そんな当たり前のことさえ、俺は忘れていたのだ。

「貴方たちのことが、かわいかった。健気で真面目で一生懸命で、真剣に稽古をする姿が愛しかった。私の下で、当主様の下で、社会に認められていく姿が誇らしかった」

俺は、強くなければならないのだ。

「貴方たちの師であること、スイボク師匠の弟子であること、何よりも長命な仙人であることに甘んじ……剣士であることを忘れました」

トオンの手を取って立たせ、祭我を見る。

間違いなく一番強くなる、俺に勝ち得る男を見る。

かつて俺に勝てないことを認められなかった彼は今、俺に強くなることを望んでいた。

「私は……強くなります。追いかけてくださいますか？」

「はい！」

頼られるというのは、こんなにも重荷で、こんなにもやりがいがある。

俺は自分が求められていることを、今更正しく理解したのかもしれない。

「スイボク師匠。ご指導のほど、改めてお願いします」

「儂の修行は厳しいぞ、覚悟しろ」

「はい」

今この瞬間、俺は強くなるのだ。それのなんと、幸福で幸運なことか。

「では、改めて試合といこう。皆の者、刮目《かつもく》して見るがいい。不惑に至った者同士の立ち合いなど、不老長寿の者でも見られるものではない！」

師匠は木刀を抜く。

「いくぞ、サンスイ！　弟子の前で、師の前で、無様を晒すでないぞ！」

「承知しました」

俺も木刀を抜く。

「全力で臨ませていただきます」

同時に、周囲の気配が引き締まった。

これから始まるのは、俺と師匠の純粋な立ち合い。剣を究めた師匠と、その弟子として認められた俺の戦い。

それを見ることができる、それだけで周囲の気配が緊張するのだ。

「儂はサンスイに遠回りな教え方をした、なぜかわかるか。不惑に至った者は、尋常の勝負においで相手をどうとでも料理できてしまうからだ。儂が並の剣士と立ち合う場面を、未熟だった時代のサンスイに見せても、相手が弱く見えるだけで本質は摑めん」

俺はさっきの試合を思い出す。

俺は師匠と剣を交えたが、そもそもまともに剣の試合が成立したのはいつ以来か。そもそも初めてではないか。

それは師匠も同じだろう。先日師匠に挑んだお人も、師匠とまともな攻防が成立しなかったはずだ。

「儂の強さを、サンスイにぶつける。我が弟子であるサンスイならば、それを受け止めることができる。それは既に、確かめたことだ」

俺にとっても、師匠にとっても初めての体験。そして、俺と師匠がそろっているからこそ成立する見取り稽古。

俺達は、皆に攻防の妙を見せることができるのだ。普段なら俺達の頭の中にしかない、相手との打ち合いを実際に行えるのだ。

「さあ、とくと見るがいい！　我らの修行の結実を！」

俺と師匠は、喜びで剣を交える。

師匠が悠久の時を経て武を修めたからこそ、それを俺が引き継ぎ習得したからこそ。だからこそ、見せられる試合がある。

それを見る誰もが興奮と感動、緊張と戦慄を覚えていたのだった。

日々

かくて、充実した修行ができた。

日が沈みかけるまでの間、俺は師匠と試合をして、それを多くの生徒に見せることができた。

当然ではあるが、師匠も俺も寸止めをする。先ほどは俺に一撃を当てたことを咎《とが》められていたので、これ以上俺に怪我をさせないようにするという配慮だった。

自分で言うのもどうかと思うが、極めて剣士らしい修行ができたと思う。

今まで他の剣士の方に『素振りしかしてません』なんて言ってきたが、ようやく試合もしましたと言える。

それで相手が納得してくれるとは思えないが、とりあえず素振りしかやっていないという状況を脱することはできたのだ。

俺は心地よい疲労感に浸りながらお嬢様の屋敷に戻り、その旨を妻と娘に報告する。

「いやあ、自分で言うのもどうかと思うが、体を動かしてお腹が空くというのも久しぶりだ。おかげで二度目でも晩ご飯が美味しい」

俺とブロワ、レインは小さな部屋で美味しくご飯を頂いていた。

もちろんコメの飯ではなくパンなどなのだが、それでもお腹に入ると充実感がある。

「こんなことを言ったら怒られるかもしれないが、心身が若返った気がするな！」

運動部に所属している男子生徒になった気分だった。

学生時代にどんなことをやっていたのかまったく思い出せないが、とにかく俺は青春をしている実感を得ていた。

「……なんか、パパ、ぅん……普通」

「そうだな……普通の男みたいだな」

「自覚はしていたけれども……やっぱりいままで変だったか？」

どうやら俺が普通にご飯を食べながら、普通に今日あったことを話して、普通に楽しそうにしているのが普通に見えるらしい。

何を言いたいのかといえば、今までの俺が普通に見えなかったということだろう。

「うん、変だった」

「ああ、変だった」

口をそろえて今までの俺がおかしかったという妻と娘。自分で言うのもどうかと思うが、自分のことを異常だと思っていた俺はある意味正常だったようだ。

「そうか……俺が普通だとおかしく見えるか？」

「そんなことはない！　とても普通でいいぞ！」

「そうだよ、とっても良くなったよ！」

「そ、そうか……」

昼も言われたが、今のほうがいいらしい。やはりというべきか、普段の俺は酷いようだ。

「パパをこんなに普通にできるだなんて、スイボク様ってすごいんだね！」

「ああ、金丹《きんたん》という薬はすごいな！」

金丹という薬で得た偽りの姿と精神状態を全肯定されると、一人の人間として否定された気になる。

前向きに考えれば、太っていた男が痩せた程度なのだろう。

大好きなパパだけど、太っているのが玉に瑕《きず》。そんなパパがなんか痩せました、とかそんな感じか。

元々の俺がよっぽど嫌いなら、痩せようが大人の姿になろうが、好きになるわけもないし。

「薬の効果だけじゃない。俺も師匠に会ったのは久しぶりだからな、弟子であることを思い出した。やっぱりずっとお世話になっている人の前にいると、どうしても甘えてしまう」

お嬢様を含めて多くの人が、俺が怪我をしたことに不満を持っていた。

俺はソペードの武威を背負っているのだ、いくら師匠が相手といえども、怪我をしてはいけなかった。

それでなくとも、怪我をしたことを周囲に知られてはならなかった。怪我をしたのなら、それを隠す配慮をするべきだったのではないか。

普段の俺なら、それぐらいの考えもできたのではないか。できなかったかもしれないが、少なくとも正常な判断ではなかったと思う。

「ねえ、パパ！　大人になったから、子供が作れるの？」

食事の席で『子供が作れるか』を聞くのは、はっきり言って正常ではない気がする。

人のことは言えないが、レインに対して怒るべきなのだろうか。しかしそれを今更俺が怒るのも、少し違う気がする。

「いや、今日はもう疲れたから寝る。いやあ、本当にくたくたでな……今すぐ寝たいぐらいなんだ」

「……え？」

素直な気持ちで娘に心境を伝えたら、ブロワがものすごく驚いていた。それこそ、信じられないと言わんばかりの顔だった。

「さ、サンスイ？　今お前、もう寝るとか言わなかったか？　もう寝るのか？　普通の意味で！」

「……」

うんそうだよ、と言いかけた。

素直なのはいいことだと思うが、素直に眠いというのはまずいのだとさすがにわかる。

彼女は決して『眠いんだよ～』という言葉を聞きたいわけではない。質問をしているのではなく、問いただしているのだ。俺の判断に対して、異議を申し立てているのだ。

正直本当に眠い、というか疲れているので、今すぐ寝たい俺。だがしかし、寝るのはいつでもできる。彼女の想いを遂げさせることこそ、今を生きる者への配慮ではないだろうか。

「……ちょっと冷水を浴びてくる」

「そうだ、浴びてこい！」

「そうだよ、パパ！　今日が勝負だよ！」

×　×　×

俺は食事を終えると、表に出て井戸水を被ることにした。

本当に気を抜くとそのまま寝てしまいそうなのだが、さすがにそれはまずいと判断する。

幸いにして、井戸から汲んだ水は冷たかった。これを浴びれば、それなりに目も冴えるだろう。

「……冴えないな」

中途半端に俗人の感覚を取り戻して忘れていたが、俺は仙人なので冷や水を浴びても特に何も感じなかった。

冷や水を浴びるどころか、煮え湯を飲まされても目が冴えるということはあるまい。

むしろ水の中へ飛び込んだとしても、俺はそのまま眠れてしまうだろう。

「まさかこんな弊害があったとは……」

とはいえ、今までだって眠いと思いながらも起きることはできたのだ。今眠らないこともできるはず。

しかし、今も眠くて頭が回らなかった。普通に、とても疲れている。

師匠と再会したことで、生活習慣まで戻ってしまったのかもしれない。

「いいや、こういう時こそ平常心だ。素振りしよう」

木刀を抜いて、その場で素振りを始める。

ひと汗かけば、眠気も飛ぶだろう。そう思って木刀を振るっていると、途中であることに気付いた。

お屋敷の中にいるブロワが、寝ているのである。

気配を感じる力を持った俺が、寝ているかどうかを見極められないわけもない。というかブロワが寝ていることに気付いて、俺は逆に目が覚めていた。

ゆっくりと足音を消して彼女の部屋に入ると、自室にお酒を持ち込んで寝ているブロワがいた。

小さなテーブルの上にワインが置いてあって、二つのコップが並んでいる。そして彼女自身は、いわゆる勝負服を着ていた。

この状況を見るに、張り切って大人っぽいことをやろうとしたら盛り上がってしまって、落ち着くためにお酒を飲んでいたら酔っぱらってしまったのだろう。

「……ブロワ」

椅子に座ったままテーブルに突っ伏して寝ている彼女が、自分の似姿に思えて仕方なかった。どうしてこう俺達は、戦闘以外のことをやろうとすると上手くいかないのだろう。むしろ世間の人は、どうしてこうしたことが上手にできるのだろう。

そう思うと、彼女が愛おしく思えた。断じて男女的なものではないが、彼女を幸せにしたいと強く思う。

俺達は不器用で、頑張っても空回りをする。でもまあ、それでいいと思ってしまう。

「お前がお酒に弱いことも、俺は初めて知ったよ。もしかしたら、お前自身も知らなかったのかもな」

大人の階段を、一気に登ることはできない。俺はやっぱり至らないところだらけで、ブロワも同じだった。

「一緒に大人になろうな、ブロワ」

俺は彼女を、妻を優しく抱いて、ベッドまで運ぶ。そしてその隣で、幸せそうな彼女の顔を見ながら自分も眠りについた。

×　×　×

翌朝。

旅先の宿ではなく、ブロワの実家でもない。お嬢様のお屋敷の、ブロワの部屋で俺は目を覚ました。

目を開けると、そこにはブロワの横顔がある。

寝た時に見た顔が、起きた時にもある。それは結構いいことだと思ってしまう。

「……サンスイ？」

どうやら俺と同じタイミングで目覚めたらしいブロワが、寝ぼけながらも俺に気付いた。

「……!?」

一瞬で顔を赤くして、がばりと起きる。

「おはよう、ブロワ」

俺も起き上がって、挨拶をする。どうやら勘違いをしているようなので、とりあえず訂正をすることにした。

「ブロワ、勘違いさせて申し訳ないんだが……」

「さ、サンスイ……！」

目を見開いて、興奮気味で、ブロワは鼻息を荒くしていた。

「いや、待て、話を聞いてくれ。紛らわしいことをしたのは俺なんだが……」

「よ、よく覚えていないんだが！　私とお前は、一線を越えたんだな！」

「ブロワ、落ち着け。越えてないから」

「な、情けないことだが……正直、よく覚えていないんだ。だが、幸せな夢を見ていたような気がする。だが、夢じゃなかったんだな！」

「いや、それは夢だ」

「そ、そうか……じゃあ私とお前の初体験は……」

「まだ未体験だ、落ち着け」

興奮気味のブロワを、俺はなんとか落ち着かせようとした。

「ど、どうだったんだ！」

目を開いている彼女は、どうやら自分がよく覚えていないだけだと思っているようだ。

しかし違う、そもそも覚えるべきことがない。

「……まず」

「まず、なんだ！」

俺はもう、彼女に最初から説明をすることにした。少々迂遠《うえん》だが、きっと伝わるだろう。

「晩ご飯を食べた後、俺は外で冷水を浴びることにしただろう？　眠かったからな」

「あ、ああ！　そうだったな！　そのあと私はお前を待って、この部屋で準備をしていたんだ！　お前が大人になったから、それを記念してお酒も準備した！」

よく考えれば、仙人は普通の酒で酔えるのだろうか。そこが少し疑問だが、それは大したことではない。

「き、緊張してしまって、私はお酒を飲んだんだ！　そ、そこから先、よく覚えていない！　何があったんだ！」

「寝てたんだ」

「ね、寝たのか！　具体的に頼む！」

寝るという言葉には、暗喩と直喩がある。

男女が同じベッドの上で寝ていたのなら暗喩を連想するのは普通だが、この場合は直喩である。

「俺がこの部屋に来た時、お前は酒を飲んで寝ていたんだ」

「え？」

「そこのテーブルで、突っ伏して寝ていたんだ」

「え？」

「俺はお前をここに運んで、そのままここで寝たんだ」

「え？」

「以上だ」

「え？」

俺は説明を終えたので、黙った。

「え？」

もう話すことがないので、彼女が情報を整理し終えるまで待っていた。

「え？　以上なのか？　もう話すことがないのか？」

「ない」

「レインはいないんだろう？　だったらぼかすことはないんだぞ？」

「事実だ」

「……え？」

状況を把握したらしく、今度は怒り出した。

「勘違いをさせるようなことをするな！　紛らわしい！」

ごもっともである。しかし俺には目を覚ましてこいと言っておきながら、自分は酒を飲んで寝ているのはいかがなものか。

「……」

どうやら彼女もその結論に達したらしい。おそらくだが、自分が酒臭いことに気付いたのかもしれない。

「……サンスイ、私にも悪いところはあったと思う。だが、なぜだ……なぜこんな紛らわしいことを……！」

よほど恥ずかしいらしく、顔を真っ赤にしていた。

「結婚した男女が！　同じベッドに寝ていたら！　普通そういうことがあったと思うじゃないか！」

「そうだな」

「そうだな、じゃない！　説明しろ！　私をベッドに寝かせることはともかく、隣で寝た理由はなんだ！　眠かったからか！」

お怒りはもっともである。実際眠かったので、そのまま寝てしまいたかったのかもしれない。

だが、それだけではないことも本当だ。

「実はな」

「実はなんだ！」

「お前の寝顔を見ながら寝たかったんだ」

「そ！　そうか、そういう理由か……なら仕方ないな、うん！」

どうやら納得してくれたらしい。表情は少し取り繕っているが、とても嬉しそうだった。

「私だって、お前が寝ていたらその顔を見ながら寝たくなるかもしれない！　そういうことなら、まあ……仕方ないな！」

どうやら彼女も、俺が寝ていたら隣で寝てくれるらしい。それは正直、嬉しいことだった。

「パパ、ブロワお姉ちゃん！　やったの!?」

扉を開けて、興奮気味のレインが入ってきた。

「私の弟か妹ができたの!?」

よくわかっていないとは思うのだが、言っていることはえぐかった。

せっかくほのぼのとした雰囲気だったのに、全部台無しである。これでは欲が戻ったのに、
夫婦二人して寝こけていたという事実と向き合わなければならなくなる。

「……そうだぞ！　ばっちりだ！」

開き直ったブロワは、もう嘘をつくことにしたらしい。自信満々に、自分のお腹を強く叩いていた。

微笑ましいようで痛々しい。ブロワがレインに対して、こんな見栄を張る日が来るとは。

「やった！　ねえねえ、痛かった？」

「大人になればわかる！」

「ずるい！」

全力ではぐらかすブロワに、レインは不満げだった。

大人になればわかるというが、俺もブロワもまだ大人になってはいない。だが子供をごまかすという意味では、大人なのかもしれない。

もちろん、立派な大人ではない。

× × ×

朝食を終えた俺達は、屋敷の外に出る。

そこには一心に剣を振っているトオンと、それを見ているお嬢様がいた。子供が遊んでいるところを見ている母親のような顔をしていて、なんとも慈悲深い女性のようにも見える。

「あらサンスイ、もう子供に戻ったの？」

「ええ、術の効果が切れまして」

「みっともないわねえ……」

普段通りの俺を見て、みっともないとおっしゃるお嬢様。どうやら正常な俺は、相当恥ずかしい容姿のようである。

「まあ、子供というのならトオンも同じなのだけどね。トオンは貴方と貴方のお師匠様が戦うところを見たことが、よほど嬉しかったみたいでね。昨日は一所懸命に稽古をしすぎて、私のベッドですぐに寝てしまったのよ」

「……そうですか」

余裕たっぷりに笑うお嬢様を見て、ブロワはものすごく落ち込んでいた。

自分と同じようなことになったのに、恥ずかしがるどころか喜んで明かしている。その姿を見て、女性としての差を感じたのだろう。

なお俺も、トオンとの男の差を痛感している。

お嬢様がこれほど余裕たっぷりなのは、これがしょっちゅうではなくごくまれに起きることだからだろう。トオンの日ごろの行いがお嬢様に余裕を与えていて、結果的にお嬢様がいい女としてふるまえているのだ。

「おお、サンスイ殿！　昨日は大変ありがとうございました！」

俺達に気付いたトオンが、ものすごくキラキラした汗を流しつつ近寄ってきた。

その姿はまさにイケメン、水も滴るいい男である。

「サンスイ殿とスイボク殿の交える剣は、まさに剣士の究極。誰もが目指すべき、誰もが理想とするべき境地でありました……このトオンも、サンスイ殿と剣を交えられるように精進いたします！」

なんとも真摯な敬意である。果たして俺は、彼に敬愛されるほど大した男なのだろうか、かなり疑問である。

「とはいえ、です。私だけ指導をしていただくわけにも参りません、きっと他の同志たちも稽古場に集まっていましょう。さあ、向かおうではありませんか」

「……ええ、そうですね。それが私の役目ですから」

いいや、俺は剣の指導者なのだ。であれば剣の指導をすること以外に、トオンたちへ報いることはできない。

トオンに対してはこれでいいのだ、それは誇っていいことだろう。

問題があるのはブロワとレインに対してである。

「それじゃあ私たちも行きましょうか、ブロワ、レイン」

「そ、そうですね……スイボク殿もいらっしゃると思いますし」

「うん、お薬ももらわないとね」

レインは薬で大人になった俺に、こだわりがあるらしい。どうやら普段の俺の容姿は、誇ってはいけないようだ。

×　×　×

学園前の稽古場には、多くの人が押し寄せていた。

それこそ普段以上に、圧倒的な数である。俺の生徒が少数派になってしまうほど、多くの人が詰めかけていた。

ほとんどが俺への挑戦者だとは思うのだが、なぜ今になってこれほど現れるのだろうか。

「……ようやく来たか」

微妙に嫌そうな顔をしているお兄様が、既に現場にいた。その嫌そうな顔の理由は、間違いなく俺であろう。

「サンスイ。お前は昨日、スイボク殿と立ち合って怪我をしたそうだな」

「はい」

「……はい、ではない。お前その顔を、周囲に見せて歩いたそうだな」

「ええ……」

「まったく……それが原因だ」

まさか、俺が怪我をしたことが原因だったのか。今まで無敵に思われていたが、血が出るのだと知って殺到してきたのか。

「私も一応は武人だ、お前が自分の師と剣を交えて、負傷したことを恥じていないこともわかる。だがもう少し体面に気を使え。お前はソペードの剣士であり武威を背負っているのだからな」

「申し訳ありません……」

まさか、ここまで大ごとになるとは。

ただ怪我をしただけで、ここまで多くの人が動くことになってしまうなど、想像もしていなかった。

「ははは！　さすがはサンスイ殿！　一挙手一投足で王都をにぎわせていますな！」

「笑い事じゃないでしょう、トオン。ここまで多いと、学園に迷惑だわ」

トオンは嬉しそうに笑っていて、お嬢様は苛立たしげだった。

俺を倒せるかもしれない、そう思っている輩がこれだけいるのだから無理もないのだろう。

少々下品な言い方をすれば、舐められているということだ。

「サンスイ、今すぐ全員ぶちのめしてどかしなさい。貴方の不始末なんだから、迷惑をかけないようにね」

「承知しました」

本当なら一人一人に時間を割いてあげたいのだが、そんなことをしていたら日が暮れる。

俺と違って他の人の時間は有限なので、手早く片づけるほかないだろう。やる気がある人なら俺に一度負けても再起してくれるだろうし、とりあえず全員倒すところから始めよう。

改めて自分が間抜けなことをしたのだと呪いながら、木刀を腰から抜く。

「サンスイ」

多くの人を巻き込んで迷惑をかけている俺の傍に師匠が現れた。

「スイボク師匠」

「お前は人気者だな」

多くの人が俺に挑戦しようとしていて、多くの人が俺の地位を狙っていて、多くの人が俺を倒そうとしている。

それだけではなく、俺を慕っている人や俺を信じてくれている人、俺を頼っている人もたくさんいる。

「お前は、良い剣士になったな」

「ありがとうございます」

「では、待たせるな。彼らの時間を大切にしてやれ」

師匠は俺の傍から消えた。そして、俺は仕事に戻る。

「……私はソペード家の武芸指南役、白黒山水と申します」

俺に勝って名を上げよう、そう思っている面々に木刀を向けた。

「どうぞ、かかってきて下さい」

番外編

視座

「ようやく収まったのう……特に国も滅ばず済んでよかったわい」

神の座でスイボクの蝋燭を眺めていた神は、その灯の勢いが大幅に下がったことを見て安堵した。

周囲の蝋燭を見るに、さほどの犠牲者は出なかったようである。

「あの化け物が暴れる時、それはもう景気よく灯が消えるからのう」

スイボクの灯火が噴火同然に燃え盛る時、大量の蝋燭が勢いよく燃え尽きていく。幾千幾万もの命が、スイボクの猛《たけ》りによって奪われていくのだ。

いや、いっそスイボクの糧になるのならいいのだろう。だがスイボクにとっては、糧にすらならない犠牲だった。

スイボクが今の強さを得るために、過去の犠牲はほぼ必要なかったのだ。

「……無駄に死んだもんじゃったのう」

そもそもスイボクがエッケザックスを手放して一人修行を始めたのは、大量に人を殺しても自分が強くなっている実感を得られなかったからである。

大暴れしたことが強さを得ることに必要だったなら、スイボクは山水へ大暴れする修行をつけていたはずである。

暴れても強くなれるわけではない、と気付くためにどれだけの犠牲者が出たことか。

「まあ失われたものは戻ってこん。過ぎたことでぐちぐち言うのも神としてどうかと思うしのう。それよりもこれからのことじゃ……」

他でもない神は知っているのだ、これからこの世界で何が起きるのかを。

「スイボクが戦うのなら、あの連中も全員何もできずに死ぬだろうが、今更奴がアレと戦うとも思えんしな……」

遠からず始まる、この世界の人間を脅かす異常事態。神が生み出した八種神宝《ヤクサノカンダカラ》が、真の役割と性能を発揮する時が近づいている。

なんとも恐ろしいことに、今のスイボクはその脅威さえ独力でねじ伏せられるのだが、それは期待できないようだった。

「まあ……元々、長命者を人間にくること自体が間違っておるか。期待できることといえば、普通の人間へ助け船を出すことぐらい……」

神がスイボクへ頼めば、案外受け入れてくれるかもしれない。

だがそれはさすがに、神という管理者の立場を超えていることだった。

「まあいい……儂《わし》は万物を生み出し、人間の能力さえ決めた。今更大きく手を加えるのは、この世界に生きる人間への冒瀆《ぼうとく》……この世界を管理しているのは儂だが、儂が独占しているわけではない」

神はただ、これから起きることを見守ろうとしていた。

×　×　×

アルカナより東へ遠く、ドミノを通りすぎて、いくつもの国を越えて。東の果ての空に浮かぶいくつもの島。

かつて花札と呼ばれ、今は大八州と謳われるその地には、多くの仙人と俗人が日々の営みを送っていた。

その中でも特に古株であると知られる仙人、カチョウは諦念と共に目を見開いていた。

巨大な木の根元で座禅を組んでいたその『少年』は、至るべくして至った結末を感知していた。

「滅びたか、フウケイ」

「ええ？　フウケイ様が負けた!?」

カチョウの言葉を聞いて、その近くで正座していた青年は、自分の兄弟子が敗北したことを驚いていた。

「そんな、フウケイ様が負けるなんて信じられません！　この大八州に並ぶものなし、最強の武人と呼ばれたあの方が、負けたんですか!?」

「仕方あるまい、相手が悪すぎる。花札と呼ばれたこの地を、三千年前に叩き割ったあのスイボクが相手ではのう。だが負けたこと、死んだことは悲しくない」

「いや、死んだら悲しいじゃないですか。俺だって俗人だった時からお世話になってたし、カチョウ様はもっと長くお付き合いが……」

「四千五百年も生きたのだ、今更死んで悲しいも何もない。負けたことも、戦いに赴いたことを想えば仕方がない。悲しいのは、最後の最後まで誤った心のままだったことだ」

最後の最後まで、フウケイは仙人として正しい心に至らなかった。

その結末を、カチョウは四千年前から危惧していた。そして、そのままの結果にフウケイは至っていたのだ。

「木が育つことに意味はなくとも理由はある、河原の石が如何なる形となるかもまた同様。スイボクという人ならざるものと近すぎたフウケイは、己も人ならざるものになろうとしてしまった」

スイボクは生《き》のままに、強大に育った。その近くにいてしまったフウケイは、その影に覆われ続けた。

根の部分で歪んでしまったため、スイボクが去った後も影響を受け続けた。フウケイはスイボクの影と、影響と戦い続けたのだ。

戦い続けたとは、苦しみ続けたことに他ならない。そしてそれを、フウケイは受け止めきれなかった。

「儂は、至らぬ師であった。スイボクが可愛いあまりに自由にさせすぎ、フウケイを危ぶむあまりに言葉を尽くしすぎた」

「言葉を、尽くしすぎた……お説教しすぎたんですか？」

「その通りである。言葉は所詮言葉でしかなく、教えではないと知りながら……儂は二人とも育て方を誤ったのであろう」

スイボクが花札を砕いてから、もう三千年が経過した。既にスイボクへ教えを授けた仙人の殆どが、自然の中に還っている。

一人残ったカチョウには未練があった。どうしようもなく、己の二人の弟子を見届けねばならないと思っていた。

そして、それも終わった。あまりにも哀しいことに、四千年前にスイボクがこの地を訪れた時から分かり切っていた結末に到達していた。

「言葉とは、どうとでも解釈できる。仙術を如何様にも使えるように、儂の言葉もフウケイには届かなんだ」

「どういうことですか？」

「仙人とは、五穀を断ち行《ぎょう》を積む者である。違うか？」

「そりゃあそうですけど」

「だが五穀を食わぬわけでもないし食えぬわけでもない。五穀を食った仙人は破門にせよ、というわけではなかろう」

「そりゃそうですよ！」

仙人にとって食事は必要なものではないし、美食や暴食は修行の妨げである。だが適度な食事であれば、いずれの仙人もやっていることだった。

五穀を食うものは仙人ではない、というのは仙人に対して無理解すぎる。

「大事なのは心、っていつも師匠もおっしゃってますよね！」

「そうじゃ……言葉で心を変えるのは容易ではない。しかし、修行という『行為』を真似させたところで、心がそのまま備わるわけでもない」

仮に、木の前で座る修行がある。その行為をする、というだけで我慢強さや生真面目さがわかる。

しかし、その行為によって自然と一体化する、自然を知覚するという目的が達せられるわけではない。

ただ我慢強いだけなのか、或いは復讐という目的のために修行をしているだけなのか。

その差は如実に表れるが、正解にたどり着けない者には違いが分からないのだ。

「フウケイは生真面目じゃった。周囲の仙人に憧れ、敬い、真似しようとしていた。それは良かったが、あの子はそれを絶対視しすぎておった。形だけでも真似ていれば、術の模倣をすれば、それでよいと勘違いしておった」

四千五百年生きた邪仙《じゃせん》とは、つまり四千五百年間違え続けた仙人ということである。

フウケイはスイボクが邪悪に堕していると違いないと思い込み、己が邪仙になっていることへの言い訳にしていた。だがそれは、見当違いだった。

「確かにスイボクは仙人らしからぬ行動をしておった。しかし、スイボクの心に邪気も悪意もない。生のままで良い子じゃった。だからこそ、我らは競うように術を教えた」

「……あの、その結果がこの始末なんですが」

「この始末、とは花札が壊されたことか？　当時も気に病んでいるのは若い衆ばかりで、我ら一人前の仙人は皆が内心喜んでおったがな。なにせまあ、別にただ島が割れただけであるし」

気にする必要はない、とカチョウをはじめとして多くの仙人はスイボクを咎《とが》めなかった。それは極めて単純に、誰も気にしていなかったからに他ならない。

にもかかわらず、フウケイは勝手に憤慨してしまったのだ。スイボクという怪物に、大嵐に、報いを受けさせると奮起して。泣き寝入りなどごめんだ、とばかりに。

大罪を犯した者を罰するという大義名分を得て、フウケイは大喜びで恨みを重ねていたのだ。

「スイボクは、型破りではあったが本質的には仙人であった。だからこそ誰もが快く術を教えた。フウケイに対して他の仙人が術を授けたのは、一種の憐れみに他ならん」

「酷い話ですね……」

「フウケイはスイボクをどうしても下に見たがった。スイボクが尋常の仙人と違いすぎるがゆえに、スイボクが正しいとか優れているとか、そうして見ることができなかった」

「優れている、と認めなければいけなかったんですか?」

「武道はどうか知らんが、仙道は競い合うものではない。まして、武力や術の習得度合いなど甚だどうでもよい。己を高めることこそが本質であり、それをフウケイは見誤った」

仙人とは無欲に過ごすものであり、己を律し俗世に関わってはならない。そうでなければ堕落してしまうからだ。

逆説的に言えば、堕落しないのであれば己を律する必要もないし、俗世に関わっても問題ない。どこにいても修行に専念できるのなら、それは立派な仙人の在り方だ。

一定の水準に達した仙人からすれば、その程度で堕落する時点で修行が足りないと言える。情欲に溺れることは堕落の一因であるが、それでも関係を持ったすべての仙人が堕落するわけでもない。

そもそも仙人が、絶対的な規律を全体で共有するわけもないし、いちいち罰則を定めているわけでもない。

ある意味では、自由であり自己責任。皆が暮らす浮遊島を叩き壊しても笑って許されるし、追いかけて殺そうとすることも許される。仙人の寄り合いに、絶対的な戒律などない。

仙人には一定の生活習慣があり、多くの仙人が自然とその境地に達する。

しかし、それは絶対的なものではない。あくまでも「大体の仙人がそう過ごしている」という程度であって「そう過ごさなければならない」とか「それ以外が許されない」とか、そんなことはないのだ。

形にこだわり仙人を神格化していたフウケイが、勝手に自分でそう思い込んでいただけにすぎない。

もちろん誰もが言葉を尽くしたが、彼は建前の「正しさ」から脱することができなかった。

「まあ、すべてはフウケイの選択であり、スイボクの不始末。そこに誤解も悲劇もない。なるべくしてなったことであり、なんら悪意は挟まらぬ」

「じゃあしょうがないね、ってことですか？」

「然り、しょうがないということであるな」

まあ、しょうがない。

その一言で、カチョウはすべてを諦めていた。

「思えば、先人という見本が多すぎたのかもしれぬ。あまりにも容易《たやす》く学べる環境であったことが、スイボクを強大にしフウケイを固着させた。教えることと導くことは、必ずしも一致するものではない。あるいは、スイボクもそのことに気付いたのかもしれぬな」

「えっと……どういうことですか？」

「スイボクの場合、誰からも指導されねば己で勝手に強くなっていたであろう。おそらくそれは、儂らが指導した場合よりも長く時間がかかったに違いない。我らが教えたことで、スイボクもフウケイも近道をした。しかし、近道をして得られることが時間でしかないのなら、回り道をしたほうが良いこともある。特に、心についてはな」

長く生きた仙人は、己の最後の弟子であろう青年に語って聞かせる。

自分の手元で育った、二人の弟子への後悔を。

「自分なりに悩んで苦しんで考える、それ自体が意味を持つことがある。用意された正解を得ているだけでは手に入らない、心の在り方が確かにある」

「ということは、俺が師匠に術をそんなに教えてもらっていないのは、そういう反省からですか？」

「いいや、お主に才能がないだけじゃな。第一、弟子になってからまだ百年ぐらいしかたってなかろう」

「そ、そんな」

まあ、すべては過ぎ去ったことでしかない。

誰もが強制されることも支配されることもなく、己の心に従った。

どれだけわかり切った悲劇であっても、見届けるべきことはほぼ終わったのだ。

「ほどなくして、スイボクがこの地へ訪れるであろう。その時が、儂の現世への最後の未練が断ち切られる時である。ようやく儂も、友たちの待つ世界へ旅立てるというもの」

「……あの、カチョウ師匠。俺のことは？」

「……スイボクにでも頼むか」

「カチョウ師匠!?　ちょっと、それはないですよ！　今俺のことを完全に忘れてましたよね!?　俺のことは未練とかないんですか!?」

「まあ、お主も放っておけば悟るじゃろうし……」

「大体スイボク様って、兄弟子だったフウケイさんの頭にションベンをかけたとか、そんな下品な逸話もあるお人ですよね!?」

「然り」

「いや、然りじゃないですよ！　本当にそんなことしてたんですか!?　誇張とかじゃなくて!?」

「当時はまだ五百年かそこらじゃったし……仙人としては未熟じゃったし……」

「五歳児ぐらいですよ、そんなことをするのは！　嫌ですよ、そんな人の弟子になるなんて！」

遠からず、この地に『牛を見つけた男』が帰ってくる。

自慢の弟子を連れて、過去の醜聞が詰まった地へ帰還する。

それが、一人の仙人の結末を意味していた。

「確かにまあ……スイボクはフウケイの頭を踏んづけるわ、岩に頭を叩きつけるわ、失神させた上で島から突き落とすわ、針術で麻痺させてから海に沈めるわ、地面に埋めて石で囲うわ、雪玉で潰すわ。とにかくろくなことをせんかったが、きっと今頃立派な仙人になってくれている。儂はそう信じておる」

「いやですよ、そんな師匠！　というかカチョウ師匠とか、他の仙人の方はそれを止めなかったんですか!?」

「……微笑ましいと皆で笑っておった」

「そこですよ、一番反省しないといけないのは！」

そもそも、この師匠が一番ダメなのではないだろうか。

若き仙人であるゼンは、自分の師匠の指導能力に不安を感じずにはいられなかった。

「……なるほど、負うた子に教えられて浅瀬を渡る、とはこのことか。修行に終わりはないのう」

「……年を経た仙人は、これだから困るんですよ」

不穏

マジャン＝トオンとマジャン＝スナエ。遠い異国の地で再会した、同腹の王子と王女。

大仙人同士の戦いと山水との再会を経て、二人は誰も連れずに会っていた。

やましいことなど一切ない。ただ同じく故郷を後にした王族として、やるべきことを確認しようとしていた。

「スナエ、お前の男は本当に成長したな」

祭我のことを、あえてスナエの男、と呼ぶ。それは兄なりの配慮だった。

「お前も見たとは思うが……フウケイ殿との最後の局面で、彼はお前たちを突き放し、私たちを引っ張った。とても立派な、男だった」

成長したというのは、ただ強くなったことだけを褒めているわけではない。

強大にして不死身の仙人を前に、祭我は一歩も引かなかった。勝ち目がなくとも、役割を果たそうとした。それはトオンをして、褒めるしかないことだった。

「以前は正直不安もあったが……今の彼なら、父上も認めてくださるだろう」

「……さ、サイガにも言ってあげてください、きっと喜びます！」

「もちろん後で言うとも。だが……お前が一緒にいたからこそだ」

祭我は山水に三度も負けた。

その醜態を直視して尚、スナエは彼の傍を離れなかった。もちろん祭我が折れず、諦めなかったからではあるが、だとしても彼女もまた筋を通したのである。

スナエが傍にいてくれたこと、それが彼の成長と無関係だったとは思わない。

「私もそうだ……いい人に出会えたよ」

「……そ、そうですか？」

安住の地を見つけたかのような顔をするトオンだが、これにはスナエも異論を唱えそうになる。なにせトオンの相手と言えば、ドゥーウェ・ソペードである。

同じく貴人に生まれたスナエをして、嫌な女としか言いようがなかった。

その一方で、トオンは三国一のいい男である。妹としての身内びいきを抜きにしても、最高の男だと信じている。

そして実際、多くの国の王女から求婚されていた。客観的にもいい男だという証拠だった。

「彼女の魅力がわからないとは、お前もまだまだ子供だな」

「そ、そういう問題じゃないと思います……」

年齢を重ねればドゥーウェの良さが分かるというのなら、大人になりたくないスナエであった。

「ふっ……父上なら、彼女の魅力を分かってくれるとも」

「そうですか?」

「そうだとも。ただ……そうだな、母上のことが心配だ」

マジャン王家の兄妹が遠い異国に来ることができたのも、異腹の兄妹がたくさんいたからである。

スナエには王位継承権もあるが、元々有望株ではなかった。他の兄姉の中から王が出るだろうと、誰もが確信していたのである。

よって、国家としては問題がない。だがこの二人の母親にとっては、大問題だった。なにせこのスナエやトオンには、同腹の兄妹が互い以外にいないのである。

スナエが争う前から王位継承を降りるというのは、王の母になる野心が断たれるということだった。

「……すみません、兄上。私はやはり国を出るべきではありませんでした」

「私に謝ってどうする。それに故郷を飛び出したのは私も同じだ。王族でありながら、こんなところで油を売っているのは、お互い様だろう」

口調こそ堅いが、親しい会話だった。仲のいい兄妹は、だからこそ家族に結婚を祝福してほしかった。しかし、それが難しいことも察していた。

「さあ、二人で叱られに帰ろうではないか。良き人を連れて、懐かしきマジャンへ」

だが、今故郷で何が起きているのか、そこまでは想像できなかった。

×　×　×

「トオンはまだ見つからないの？」

「申し訳ありません。どうやらよほど遠くの国にまで赴いていらっしゃるようで……」

「言い訳は聞きたくないわ、時間がないのよ」

マジャン王国、第一王妃マジャン＝スクリン。

スナエとトオンの実母であり、国王マジャン＝ハーンの妻の中では第一の権力を持つ者。

彼女は血走った目で、自分の部下へ厳命を下していた。

「早くしなければ……次の王が決まってしまう」

王から寵愛を受け、しかし次の王の母になれなくなってしまった彼女は、焦燥に駆られて途方もないことを口にしていた。

「どこにいるのトオン……貴方こそが、この国の王になるべきなのに……！」

如何に長兄とはいえ、王気を宿さぬトオンに世継ぎの資格はない。にもかかわらず、彼女がそれを口にするということは。

つまり、彼女に法を守る気がないということだった。

「絶対に、見つけ出す……！」

あとがき

地味な剣聖はそれでも最強です、の六巻をご購入いただいた皆様。どうもありがとうございます、作者の明石六郎です。


今回の話では遂に、世界最強の男であるスイボクが本格参戦しました。彼が戦って彼が語っていたら、あとがきのページが一ページになってしまいました。

彼の強さが現実世界にも影響を及ぼし、作者さえ圧迫しています。

しかし彼をがっつりと書くことは、作者としての一つの目標でした。それを読者様にお届けできたことが、何よりも嬉しいです。

物語はここで一区切りですが、今後の話もお届けできるよう頑張らせていただきます。


いつも素敵なイラストを描いてくださっているシソ様。今回のイラスト、スイボクとフウケイの修業風景は、特にお気に入りです。どうもありがとうございました。

ＰＡＳＨ！の黒田様。コミカライズと併せて、今後もよろしくお願いします。

明石六郎

この本を読んでのご意見・ご感想・ファンレターをお待ちしております。
〈宛先〉　〒104-8357　東京都中央区京橋3-5-7
　　　　　（株）主婦と生活社　PASH！編集部
　　　　　「明石六郎先生」係
※本書は「小説家になろう」（https://syosetu.com）に掲載されていたものを、改稿のうえ書籍化したものです。

PASH!ブックス

地味な剣聖はそれでも最強です6

2020年9月7日　1刷発行

著　者	明石六郎
編集人	春名 衛
発行人	倉次辰男
発行所	株式会社主婦と生活社 〒104-8357　東京都中央区京橋3-5-7 03-3563-5315（編集） 03-3563-5121（販売） 03-3563-5125（生産） ホームページ　https://www.shufu.co.jp
製版所	株式会社二葉企画
印刷所	大日本印刷株式会社
製本所	小泉製本株式会社
イラスト	シソ
デザイン	ナルティス：原口恵理
編集	黒田可菜